Volker König

Tantenfieber

Über den Autor:

Volker König wurde 1965 in Dortmund geboren und wuchs in Herdecke auf. Nach seinem Biologiestudium begann er zu schreiben. Bisher erschienen sind der Roman *Tantenfieber*, der Erzählband *Dicke Enden*, die Novelle *Die Farbe des Kraken*, die Erzählung *VARN* und der Roman *In Zukunft Chillingham*.

Volker König

Tantenfieber

Roman

Die deutsche Bibliothek verzeichnet diese Publikation in der Deutschen Nationalbibliografie; detaillierte bibliografische Daten sind im Internet über http://dnb.ddb.de abrufbar.

Überarbeitete Neuauflage Januar 2020
© 2003 Volker König
Covergestaltung: Hanspeter Ludwig
Herstellung und Verlag:
BoD – Books on Demand, Norderstedt
ISBN: 9 783750 403598

Der Fuchs im Hühnerstall
veranstaltet das gleiche Chaos,
wie das Huhn im Fuchsbau!

Thomas S. Lutter

1.

Sechs Beine sind gut. Mit sechs Beinen kann man allerhand anfangen, vor allem dann, wenn an jedem ihrer Enden zwei nadelspitze Krallen sitzen, wenn keines von ihnen eigene Wege gehen will und man es sich in den Kopf gesetzt hat, eine Steilwand zu erklimmen. Der Käfer hatte sich genau das vorgenommen.

Stur kroch er an ihr höher, einem matten Schimmer entgegen. Dieser Schimmer und diese Wand waren zurzeit das Einzige, was ihn überhaupt interessierte. Nicht der aufkommende Wind, nicht der sich verdunkelnde Himmel, nur der Schimmer. Dort oben war bestimmt etwas ganz Tolles!

Der Käfer kantete sich durch einen lächerlichen Zaun. Zumindest sah das, was sein Gehirn aus Tausenden kleiner Bildchen zusammensetzte wie einer aus. Zäune sind egal, Schimmer ist toll. So einfach ist das bei Käfern.

Das Schimmern war jetzt unglaublich nah. Aber da war noch etwas im Wege. Sein rechter Vorderfuß rutschte darauf herum. Das war verteufelt glatt. So weit er langen konnte, war es so glatt, dass es jetzt einen Eintrag in einem Verzeichnis seines Oberschlundganglions erhielt. Und zwar in der Rubrik *Wahrscheinlich niemals zu überwinden.*

2.

Das Puzzleteil war grün bis auf einen winzig gelben Tupfen am Rand einer seiner beiden Ausbuchtungen. Man konnte ihn eigentlich nur mit einer Lupe erkennen, oder wenn man sich das Puzzleteil wie Walter Semmler sehr dicht vor die Augen hielt. In diesem Abstand erkannte man dann auch eine feine, blaue Linie, die sich mitten durch ihn hindurch zog. Das war der Hinweis, den Walter Semmler benötigte, und er setzte sich seine schwere Brille zurück auf die Nase. Er drückte das Pappstückchen mit den zwei Aus- und Einbuchtungen mitten in einen großen Baum.

Der Baum war bis dahin seltsam unvollständig gewesen, aber mit diesem grünen Teil, seinem winzigen Tupfen und der feinen blauen Linie darauf geschah eine Verwandlung mit ihm, die ihn genau so perfekt machte, wie ihn Spitzweg gemalt hatte. Walter Semmler strich vorsichtig mit der flachen Hand über seine mit feinen Rillen durchzogene Oberfläche. Für heute Abend sollte es gut sein. Morgen würde er weitermachen. Er hob das Tablett zusammen mit dem Puzzle darauf vom Couchtisch auf einen Beistelltisch neben seinem Sessel. Dann zog er sich sein Abendbrot vom Rand des Tisches heran: Käsebrote und Kamillentee, dazu eine Papierserviette. Den Tee verfeinerte er mit einem Löffel Honig. Filialleiter Reuter hatte ihm den heute geschenkt. Er drehte den elektrischen Heizlüfter, den er trotz milder Außentemperaturen aufgestellt hatte und der ihm warme Luft in die Hosenbeine blies, eine halbe Stufe höher und grub seine Füße tief in die Pantoffeln. Er drückte die Fernbedienung.

„... darum ist die Zunahme an Unordnung unausweichlich. Die Entropie als Maß für die Unordnung ..."

Semmler wechselte den Sender.

Wettervorhersage. Zeitweilig Regen bei 21 Grad. Nun ja. Morgen würde er einen Schirm zur Bank mitnehmen müssen.

Eine Musiksendung begann. Semmler säbelte mit Messer und Gabel Stücke vom Käsebrot ab, stieß die Brot-Käse-Masse mit der Zunge von der linken in die rechte Mundhälfte und wieder zurück und spülte jeweils mit einem Schluck Kamillentee hinunter. Die Klänge der Sendung schallten durch sein Wohnzimmer. Er genoss den Anblick der Musikanten, wie sie in ihren Dirndln und blütenweißen Hemden vor einer Bauernhauskulisse standen, wie sie mit glasklaren Stimmen von der Schönheit der Welt sangen, ließ sich vom weichen Klang einer Trompete verzaubern und lachte über die kecken Witze der Moderatorin, bis der Tee seinen Tribut forderte. Er tupfte sich die Lippen mit der Papierserviette und stand auf.

Kalt glänzte ihm das weiße Porzellan entgegen. Kalt und sauber, dachte Semmler, während er die Toilettenbrille anhob und dabei den frischen Duft eines Toilettensteines einatmete.

Unausweichliche Unordnung! Sogar ein Wort hatte man dem gegeben: Entropie. Obwohl nur zufällig vorhin aufgeschnappt, geisterte es jetzt durch seinen Kopf.

Er betätigte die Spülung, verfolgte das blau gefärbte Spülwasser, wie es sich mit dem gelben Urin vermischte und dann, jetzt grünlich, im dunklen Loch vor dem Porzellanplateau verschwand. Dann wendete er sich dem Waschbecken zu. Die Hände in den lauwarmen Strahl haltend, konnte er es sich nicht verkneifen, einen intensiven Blick auf seine Zähne im Spiegel zu werfen. Für sein Alter sah das alles noch gut aus.

Er drehte den Wasserhahn zu und trocknete sich die Hände an einem Frotteetuch, das er anschließend sorgfältig über den Halter legte. Dann strich er eine Strähne seines leicht schütteren Haares zurück.

Jetzt war es an der Zeit, eine saure Gurke zu essen. Er machte daher einen Abstecher in die Küche. Im Kühlschrank stand das Gurkenglas an seinem Platz zwischen einer zur Hälfte ausgedrückten Tube Tomatenmark und einem Klotz Käse.

Semmler ergriff eine tiefe Befriedigung. In diesem Kühlschrank, in seiner ganzen Wohnung, ja überhaupt in seinem ganzen Leben war keinerlei Anzeichen von Unordnung oder gar eine unausweichliche Zunahme von ihr zu entdecken. Und das musste auch so sein, denn nur so war sichergestellt, dass er sich auch ohne seine Brille zurechtfinden konnte. Blind sozusagen. Denn das war er dann im Prinzip.

Weitsichtige könnten auch ohne Augengläser selbst in der Wildnis überleben, weil sie eine herannahende Gefahr kommen sehen und so Zeit genug haben, um zu flüchten oder gar Gegenmaßnahmen zu ergreifen.

Wenn Weitsichtige ihre Sehhilfe in der Wildnis aber dabei haben, dann sind sie unschlagbar, denn dann könnten sie sich dort sogar mit ihrer Hilfe ein Feuer anzünden. Kurzsichtige jedoch, und vor allem extrem Kurzsichtige wie Semmler, stehen ohne ihre Brille wie in einem dicken Nebel, aus dem sich viel zu spät eine herannahende Gefahr herausschält. Doch selbst fern der Wildnis, wo es keine angreifenden Bären und keine plötzlich im Wege stehenden Bäume gibt, selbst in der eigenen Behausung, ist ein extrem Kurzsichtiger wie Semmler nur überlebensfähig, wenn er seine Umgebung genau kennt. Er muss ein genaues Bild von ihr in sich tragen und ist ohne ein gutes Gedächtnis aufgeschmissen. Veränderungen sind möglichst zu vermeiden oder rückgängig zu machen. Am einfachsten und sinnvollsten ist es, wenn alles an seinem Platz blieb, und sei es nur ein Gurkenglas.

Knackend gab der Verschluss nach. Eng aneinander gepresst steckten die Gurken darin. Semmler zog an einer. Sie war fest in die anderen verkeilt, und Semmler wunderte sich wieder einmal, wie sie alle dort hineingelangt waren. Nach einiger Mühe gab eine von ihnen nach, und Semmler steckte sie in den Mund, stellte das Glas zurück an seinen Platz, zog den Gummistöpsel aus dem Ausguss und reinigte seine Finger. Bevor er sich der Tür zuwenden und die Küche verlassen wollte, wischte er auf Verdacht mit der rechten Hand über den Tisch. Ein Lächeln huschte über sein Gesicht, als er einige wenige, wohl winzige Krümel am Handballen spürte, die er sich in die linke Hand fegte, um sie dann ins Spülbecken zu werfen. Er zog den Stöpsel erneut und spritzte die Krümel in die Tiefen der Kanalisation. Während er den Stöpsel zurück drückte, dachte er an Spinnen und anderes Getier, dem der Zugang in seine Welt jetzt wieder versperrte war. Er hasste derartiges Getier, denn es tauchte immer plötzlich auf.

Unwillkürlich blickte er aus dem Fenster über der Spüle. Da draußen lauerten sie alle. Krabbelnd und fliegend, mit emsiger Triebhaftigkeit, unter jedem Stein, jedem Blatt, nur darauf aus, ihn zu bedrängen. Da draußen war Unordnung oder, wie er vorhin gelernt hatte, erhöhte Entropie. Hier drinnen war Ordnung, und die würde er verteidigen, so lange er lebte.

Die Dämmerung setzte ein, und darum mussten die Rollläden geschlossen werden. Eine sehr befriedigende Angelegenheit. Lamelle um Lamelle würde aus dem schmalen Spalt oben vor dem Fenster sinken. Die kleinen Löcher zwischen den Lamellen gäben noch für einige Momente den Blick auf die dämmerige Umgebung frei, bis selbst dieses zerstückelte Muster der Außenwelt mit dem Zusammensacken der Lamellen verschwände. Zuvor musste aber noch ein auf Kipp stehendes Wohnzimmerfenster geschlossen werden. Gerade wollte er sich daran machen, als das Telefon klingelte.

Semmlers Eingeweide verkrampften sich. Wer konnte das sein? Außer seiner Mutter hatte eigentlich nur noch Filialleiter Reuter seine Nummer. Und diese beiden würden ihn nicht um diese Zeit erreichen wollen. Semmler näherte sich klopfenden Herzens dem Wahlscheibenapparat im Flur. Ob etwas mit seiner Mutter passiert war? Einerseits wollte er mit etwas derartig Entsetzlichem gar nicht konfrontiert werden, andererseits wäre es vielleicht gut, wenn er darum wüsste. Zaghaft hob Semmler den Hörer an sein Ohr.

„Hallo?"

Semmler hörte zwei, drei tiefe Atemzüge. Dann wurde aufgelegt. Semmler starrte auf den sanft tutenden Hörer. Vielleicht hat sich jemand nur verwählt, beruhigte er sich und legte den Hörer auf.

Er wendete sich den Rollläden zu. Die Zeit, die ihn der Telefonanruf gekostet hatte, galt es aufzuholen. Es war ein Rennen gegen die Dunkelheit. Noch war es draußen etwas heller als hier drinnen, und so würde das Getier nicht angelockt. Aber in wenigen Augenblicken würde selbst eine kleine Lampe zu einer Attraktion für die da draußen. Er eilte dem letzten Wohnzimmerfenster entgegen. Das stand noch immer auf Kipp! Er hatte es doch vor der Rollladenprozedur schließen wollen. Erst die Fenster zu, dann die Läden runter. So war er immer vorgegangen, das hatte sich bewährt. Was hatte ihn heute davon abweichen lassen? Dieser verfluchte Anruf! Noch bevor Semmler das Fenster schließen konnte, verschaffte sich ein Tier der Nacht nervös flatternd Zugang zu seiner Wohnung. Semmler ließ die Rolllade entgegen seiner Gewohnheit herunter rasseln. Für laute Rollladengeräusche war die Zeit bestimmt überschritten.

Semmler starrte auf die Uhr wie auf ein giftiges Tier. 22:08 Uhr! Er ging zurück zur Toilette. Von dort konnte er einen unauffälligen Blick auf die Nachbarschaft werfen, um zu sehen, ob jemand auf sein Treiben aufmerksam geworden war. Er machte kein Licht, sondern kletterte im Dunkeln auf den geschlossenen

Klodeckel, um dann das kleine Fenster zu öffnen. Ein saugendes Geräusch bezeugte die Qualität der Dichtung. Sie musste vor allem bei diesem Fenster sehr gut sein, denn das Toilettenfenster hatte keine Rolllade.

Semmler spähte nach draußen. Feiner Regen wurde herein geweht und besprühte seine Brillengläser. Die kleine Straße lag ruhig da, und selbst die Fenster von Frau Leibisch von gegenüber waren dunkel. Semmler war erleichtert, warf aber noch einen Blick an der Hauswand entlang zu den anderen Fenstern seiner Wohnung. Das Licht der Straßenlaterne brach sich in nach unten gerichteten Stacheln an der Unterkante der Fenster. Dieser Zaun würde sowohl Katze, Marder als auch Wiesel abhalten. Wenn Semmler genau hinschaute, dann konnte er sogar das schmale Metallband erkennen, das ihn vor Ameisen und Schnecken bewahren sollte. Selbst solchen Geschöpfen, wie er eines von ihnen soeben ertappt hatte, blieb normalerweise keine Chance.

Er schloss das Fenster, wischte sich die Brille mit Toilettenpapier trocken, das er geistesabwesend in seine Hosentasche steckte, schaltete den Fernseher aus und alle Lichter ein.

Mit Fliegenklatsche und Handstaubsauger bewaffnet machte er sich auf die Jagd. Sein Blick tastete sich über die großen Flächen der Wohnung. Die Wände, die Decke, den Fußboden, die Tischplatte. Nichts. Dann rutschte Semmler in seiner ausgebeulten Anzughose und mit Pantoffeln an den Füßen auf dem Teppichboden umher und suchte Ecken, Ritzen und Spalten ab. Zunächst blieb sein Stöbern ergebnislos, aber dann erschien das Tier vor seinen angestrengten Augen. Es flatterte bis zu der ganz besonders hellen Lampe mit Porzellansockel auf dem Couchtisch, die durch einen nicht ganz sicheren, weil erschreckten Schlag Semmlers, quer durch das Zimmer fegte und an der gegenüberliegenden Wand neben einem zusammengeklebten Puzzle eines Caspar-David-Friedrich-Gemäldes zerschellte. Semmler verlor durch den Schlag sein Gleichgewicht und konnte den Fall nur dadurch aufhalten, indem er sich auf dem Couchtisch abstützte. Dort erwartete ihn die Gabel.

Der Schmerz folgte mit Verzögerung. Semmler riss die Gabel aus seinem Handballen. Blut drang aus den vier Einstichen. Er fluchte.

Eigentlich hätte er die Wunde sofort versorgen müssen, aber seinen inneren Kampf zwischen medizinischer Notwendigkeit und Invasorenabwehr entschied das Tier, das jetzt unbeeindruckt vor seiner Nase schwebte. Ein Schlag, der den Falter in die Löcher der Klatsche presste, und die anschließende Säuberung mit dem Handstaubsauger bestätigte Semmler in seiner technischen und körperlichen Überlegenheit.

Gerade als er sich dem Badezimmer zuwenden wollte, um seine Wunde zu versorgen, klingelte es an der Tür.

3.

Filialleiter Reuter spürte, wie sich seine Frau näherte, denn er roch ihre Handcreme, ihre Gesichtscreme, ihre Körperlotion. Jeden Abend brachte sie eine Weile im Badezimmer damit zu, sich einzureiben. Wie immer verteilte sie auf den letzten Schritten zum Bett die Reste der Handcreme auf ihren Unterarmen. Die waren inzwischen weich wie ein Babybauch, und manchmal, wenn er sie unbeabsichtigt berührte, konnte er sich davon überzeugen.

„Hast du heute nicht genug telefoniert?", fragte Iris und verschwand im Schlafzimmer. Die Katze folgte ihr auf dem Fuß.

„Ich wollte nur Herrn Semmler ..."

„Um diese Zeit? Du siehst ihn doch gleich morgen."

Er hörte, wie sie die Bettwäsche aufschlug.

„Dann könnte es zu spät sein. Er ist aber auch nicht dran gegangen."

„Ich würde auch nicht mehr ran gehen. Alles, was abends nach halb zehn telefonisch besprochen wird, ist entweder eine Katastrophe, oder es ist Alkohol mit im Spiel. Trifft irgendetwas davon zu?"

Jetzt klopfte sie sich das Kissen zurecht.

„Nein", sagte Reuter und hatte damit gelogen.

„Dann komm ins Bett", sagte sie und Reuter wusste, dass sie eigentlich nicht scharf darauf war.

4

Der Anruf kurze Zeit zuvor war von seiner Auswirkung auf Semmler verhältnismäßig spurlos geblieben. Jetzt aber waren Semmlers Füße auf ihrem Weg zum Flur verharrt, sein Unterleib wies ebenfalls in diese Richtung, aber der Oberkörper war zur Tür gedreht und sein Blick auf diese geheftet. Dort, hinter jener Holzplatte, keine fünf Schritte von ihm entfernt, musste ein Mensch stehen. Dieser Mensch wollte zu ihm, dieser Mensch wollte hier herein! Auf Semmlers Stirn sammelten sich Schweißtropfen, und sein Atem ging flach. Es klingelte erneut. Das schien seinen Körper zu erweichen. Semmler blickte auf seine Armbanduhr: 22:29 Uhr.

Mit angehaltenem Atem pirschte er sich auf Zehenspitzen an die Tür heran. Es klingelte wieder. Laut und eindringlich. Dann eine Stimme.

„Hallo!"

Eine Frauenstimme! Semmlers Herz dröhnte. Er spürte, wie sich hektische Flecken auf Gesicht und Hals sammelten. Es war schon mehr als ungewöhnlich, dass ihn überhaupt jemand besuchen kam, zudem noch mitten in der Nacht und vor allem unangemeldet. Aber eine Frau? Es klopfte.

„Hallo! Ist da jemand?"

Leise klickte Semmlers Brillenglas gegen den Rand des Türspions. Gegen das Licht der Straßenlaterne hob sich eine Gestalt mit fransigen Haaren und einem mächtig breiten Oberkörper auf spindeldünnen Beinen ab.

„Walter, ich weiß, dass du da bist", rief die Frau und versuchte, durch die andere Seite des Spions zu blicken.

Semmler prallte zurück. Diese Frau kannte seinen Namen, sogar seinen Vornamen, und der stand nicht auf dem Klingelschild. An die Tür gelehnt drehte er mit der unverletzten Hand den Dimmer der Deckenlampe herunter. Jetzt war von außen kein Licht mehr zu erkennen. Er hatte das überprüft.

Mit aller Macht versuchte er, seinen fliegenden Atem zu kontrollieren, aber das verursachte einen unangenehmen Druck im Kopf.

„Nun sag schon was", flüsterte von der anderen Seite die Stimme, die zierlich zu dem klang, was Semmler durch den Spion gesehen hatte.

„Ich kann dein Herz klopfen hören."

Sofort rückte Semmler von der Tür ab.

„Du hast doch nicht etwa Angst vor mir?"

„Nein", log Semmler und stopfte sich erschrocken die Faust in den Mund.

„Walter, ich bin es. Deine Tante Goutiette. Mach schon auf. Ich werde ganz nass."

Tante Goutiette? Er kannte keine Tante Goutiette! Genau genommen hatte er noch nicht einmal eine Tante, wenn er einmal von den Tanten und Onkeln absah, die er lediglich so nannte, weil sie älter als er waren und mit Mutter in irgendeinem freundschaftlichen Verhältnis standen.

„Ich habe keine Tante Goutiette!", rief er deshalb.

„Hast du doch", klang es von der anderen Seite.

„Was für eine Art Tante wollen Sie denn sein?", fragte Semmler.

„Ich bin die Halbschwester deiner Mutter", tönte es verschnupft durch die Tür.

„Mutter hat keine Halbschwester", bemerkte Semmler. Blut tropfte aus den vier Einstiche in seiner Hand auf den Fußboden. Er wickelte sein Taschentuch samt dem Stück Toilettenpapier um die Verletzung.

„Und wenn ich dir sage, dass deine Mutter Agnes Semmler, geborene Bender, ist? Glaubst du mir dann?"

„Das könnten Sie irgendwo gehört haben. Auf so etwas falle ich nicht herein. Verschwinden Sie, sonst rufe ich die Polizei!"

Semmler lauschte angestrengt, ob seine Drohung Eindruck gemacht hatte. Doch da war nur das leise Rauschen des Regens.

„Bitte, lass mich doch nicht so betteln. Was sollen denn die Leute denken?", flüsterte Tante Goutiette von der anderen Seite der Tür, und es folgte ein unterdrücktes Husten. „Behandelt man so eine Dame?"

In Semmler stand irgendetwas unwillkürlich stramm. Nein, Damen behandelte man nicht so. Zumindest er behandelte so keine Damen.

„Aber ich bin überhaupt nicht auf Besuch eingerichtet", sagte er mit Blick auf den Abendbrotteller.

„Ich komme ja auch gar nicht zu Besuch, ich muss dir eine wichtige Sache erzählen."

„Du lieber Himmel!", rief Semmler, denn der blutige Lappen um seine Hand war auf den Fußboden gerutscht.

„Ich gebe ja zu, dass es etwas plötzlich kommt, aber die Dinge entwickeln sich nicht immer so, wie man es will."

„So ein Unsinn ...", begann Semmler geistesabwesend und griff nach dem blutigen Lappen.

„Ich habe auch lange überlegt, ob ich dich aufsuchen soll."

Semmler wickelte das Tuch wieder um die Hand, aber es wollte nicht halten.

„Verdammt!"

„Was ist los?"

„Ach nichts. Ich habe mich nur eben verletzt."

„Ist es schlimm?"

„Es blutet."

„Das muss sofort desinfiziert und verbunden werden."

„Ja, ich weiß. Aber ..."

„... du weißt nicht, wie man das macht, nicht wahr?"

„Eigentlich weiß ich ganz genau, wie man das ..."

„Komm, Walter. Lass mich rein. Ich kann dir bestimmt helfen."

Semmler nickte. Eigentlich war es ziemlich unerheblich, ob die Frau vor der Tür seine Tante war oder nicht. Da war eine Dame, die an seine Tür geklopft hatte und die nun im Regen stand. Darüber hinaus wollte er das Glück der um weniges verzögerten, aber unentdeckt gebliebenen Rollladenprozedur nicht doch noch verspielen, indem er jemanden vor seiner Tür Radau schlagen ließ. Außerdem konnte sie ihm wirklich helfen.

„Sie müssen mir aber versprechen, dass es schnell gehen wird", sagte Semmler.

„Aber ja, ich verspreche es."

So kam es, dass Semmler den Dimmer wieder hoch drehte, die drei Schlösser entriegelte und die Tür öffnete.

„Na endlich", seufzte Tante Goutiette, als sie tropfnass, eine Parfumwolke hinter sich herziehend, am erstarrten Walter Semmler vorüberrauschte.

Alles an ihr war reizend. Die fransigen Haare waren genauso verschwunden wie ihr breites Kreuz. Semmler gestand sich ein, dass er wohl zu aufgeregt gewesen war und außerdem kaum Erfahrung im Umgang mit seinem Türspionen hatte.

„Zeig mal her!"

Semmlers Erstarrung löste sich und er streckte ihr die blutende Hand entgegen.

„Du lieber Himmel. Das sieht gefährlich aus."

„Das Badezimmer ist ..."

„... ich weiß", entgegnete die Frau.

Mit einer geschmeidigen Bewegung ließ sie ihren durchnässten Mantel auf den Fußboden gleiten. Semmler blickte ihr irritiert nach, als sie mit geradezu unheimlicher Zielstrebigkeit dem Badezimmer entgegen stöckelte. Wie in Trance hob er den Mantel mit spitzen Fingern auf und hängte ihn an den Garderobenständer.

„Das ist ja ganz reizend!", hörte er sie rufen. „So schön weiß und kühl!"

Sie sah ganz anders aus als seine Mutter. Andererseits sollte sie ja auch nur ihre Halbschwester sein. Semmler setzte sich auf das Sofa.

Die Frau kehrte mit einer Wundkompresse, einer Mullbinde und einem Fläschchen Jodtinktur zurück. Im Übrigen hatte sie sich ein Handtuch um den Kopf gewunden und eine Zigarette angesteckt.

„Du kannst von Glück reden, dass ich da bin", sagte sie und kniete sich vor Semmler auf den Teppich gerade so, dass der direkt auf ihr Dekolleté blicken musste. Er wendete den Kopf ab. Geschickt verband die Frau seine Hand, die Semmler für die Dauer der Prozedur fremd wurde.

„Wie hast du das denn nur geschafft? Sieht wie die Einstiche einer Gabel ..."

„... es war ein Unfall."

„Wie dem auch sei. Du bist sicher überrascht über meinen Besuch, nicht wahr, Walter?"

Semmler nickte matt.

„Ich war gerade in der Gegend, und da habe ich mir gedacht: Schau doch einfach mal bei deinem Neffen Walter vorbei ... Wie groß du geworden bist! Auf den Bildern warst du noch viel kleiner."

„Nun ja", murmelte Semmler, vermied es, sie direkt anzublicken und hatte das Gefühl, als stecke er in seinem Konfirmationsanzug.

„Was müssen Sie ..."

„Walter! Du kannst mich ruhig duzen", unterbrach die Frau.

„Oh, nun ja ... Was müssen ... du ... mir denn Wichtiges erzählen?", fragte er.

Sie setzte sich auf das Sofa.

„Sei so gut und bring mir etwas zum Trinken."

„Ich habe außer Kranwasser aber nur kalten Kamillentee", stammelte Semmler.

„Lieber Kranwasser", meinte die Frau.

Semmler ging in die Küche wie jemand, der eigentlich ein scharfes Auge auf ein unternehmungslustiges Hündchen haben müsste. Während er ein Glas füllte, ordneten sich seine Gedanken etwas. Die Frau hielt sich trotz der erwiesenen Hilfeleistung schon viel zu lange in seiner Wohnung auf. Außerdem hatte sie noch nicht seine Frage beantwortet. Er musste energischer vorgehen. Entschlossen kehrte er ins Wohnzimmer zurück.

„Und jetzt erzähle, was du mir …"

Er blieb abrupt stehen. Ihr Kopf war nach hinten auf die Rückenpolster gesunken, und ihr Mund stand weit offen. Die Arme hingen schlaff herab. Leises Schnarchen ließ die Luft und Semmlers Herz erzittern. Ihre Zigarette musste sie kurz zuvor in einem Käsebrotrest ausgedrückt haben. Noch immer qualmte sie sanft vor sich hin.

„Tante Goutiette", flüsterte Semmler und musste sich darüber wundern, dass er dieses Verwandtschaftsverhältnis schon hingenommen hatte. Die Tante rührte sich nicht. Nervös nahm Semmler einen Schluck Wasser und setzte das Glas dann fahrig ab. Was sollte er tun? Sie aufzuwecken hatte er nicht den Schneid, aber sie einfach so sitzen zu lassen verbot seine Höflichkeit. Also entschied er sich widerwillig, sie in eine bequemere Position zu manövrieren. Er nahm ein Kissen, legte es neben sie und drückte dann eine zusammengefaltete Decke an die Schulter der Schlafenden, bis sie sacht zur Seite kippte und ihr Kopf auf das bereitliegende Kissen sank. Dann presste er die Decke unter ihre Beine und hob diese damit auf das Sofa. Jetzt lag sie einigermaßen bequem, nur ein Arm steckte leicht verdreht unter ihrem Körper. Aber Tante Goutiette nahm ihm die Lösung dieser heiklen Aufgabe ab, indem sie sich im Schlaf bewegte, bis sie ausgestreckt dalag. Semmler breitete die Decke über ihr aus und verschob seine Fragen auf den nächsten Morgen.

Später lag er mit weit aufgerissenen Augen im Bett. Er presste sich den Wecker mit den Leuchtziffern vor das Gesicht und nahm die Stellung der Zeiger mit Beunruhigung wahr. Kurz nach zwei! Immer wieder wälzte er sich von einer Seite auf die andere, zählte Kühe oder die wenigen Autos, deren Scheinwerferlicht durch die Ritzen dieser Rolllade drang und die Zimmerwände in helle und dunkle Streifen verwandelte. Wie konnte die Halbschwester seiner Mutter, die im Wohnzimmer auf dem Sofa laut schnarchte, jünger sein als er selbst? Was hatte sie ihm Wichtiges zu erzählen? Wieso wusste sie, wo sein Badezimmer war, und wie konnte er seiner Mutter das alles erklären? Morgen, nein heute würde sie ihn besuchen kommen. Zwischen diese Fragen wob sich seine Befürchtung, ob er die Tür nach dem Einlass der Tante rechtzeitig verschlossen hatte. Was für ein sechsbeiniges Tier würde ihm morgen früh über den Weg laufen? Oder wie viele davon? In seiner Vorstellung hatten sie das Gesicht von Tante Goutiette, oder war Tante Goutiettes Körper der eines Tieres? Oder der einer Gabel mit Gurkenzinken? Außerdem bildeten die Scherben des zerbrochenen Lampensockels ein kühnes Mosaik vor den rotglühenden Zähnen eines Monsters in Heizlüftergröße. Davor hüpfte ein Hahn auf einem Bein durch wild flatternde, tropfnasse Wäsche. Und während all diese Vorstellungen mehr und mehr miteinander verschmolzen, bis sie ein völlig unlogisches Paket aus Zusammenhängen, Mutmaßungen und Befürchtungen bildeten, hatte Semmler gar nicht bemerkt, dass er eingeschlafen war.

5.

Die Batterie der Nachttischuhr musste kurze Zeit nach seinem Abgleiten in verworrene Traumszenarien die letzte Spannung verloren haben. Seiner inneren Uhr, seinem alles andere als erholsamen Schlaf, aber vor allem einem hellen Gesang hatte es Walter Semmler zu verdanken, dass er aufwachte. Der Gesang vergegenwärtigte ihm den vergangenen Abend und den späten, sonderbaren Besuch.

Sein Rücken, seine Schultern, sein Hals und selbst seine Kaumuskeln waren hart wie tiefgefrorener Fisch. Ächzend richtete er sich im Bett auf und warf einen Blick auf seine Armbanduhr. Es war spät, aber noch nicht zu spät, um halbwegs pünktlich zur Arbeit zu kommen. Er stolperte, dem Gesang folgend, durch die abgedunkelte Wohnung bis zum Badezimmer. Feuchtwarmer Wasserdampf quoll unter der Tür hervor, und der glasklare Gesang mischte sich in das Rauschen der Dusche. Vorsichtig schlich er sich an die Tür heran, presste eine Gesichtshälfte an die feuchte PVC-Beschichtung und lauschte. Der Gesang verstummte. Mit zitternder Hand klopfte Semmler an die Tür. Das Wasser wurde abgestellt.

„Ja?"

„Tante Goutiette?", sagte Semmler etwas zu leise. Dann räusperte er sich. „Ich muss dringend in das Badezimmer, denn ich bin etwas spät dran."

„Einen Moment noch, Walter. Ich bin gleich soweit."

Semmler atmete tief ein. Er fühlte seinen Zeitplan in Gefahr. Um Schlimmeres zu verhindern beschloss er, sein Frühstück vor dem Duschen herzurichten. Er stapfte in die dämmerige Küche.

Die Krümel auf dem Küchentisch hätte er vielleicht noch verkraftet. Aber der weit geöffnete Kühlschrank mit dem ausgelaufenen Tauwasser und – sehr unappetitlich – ein angenagtes Hühnerbein ließen ihn erschauern. Ein Gluckern wie aus einem Lavasee drang aus seiner Brust. Das konnte nur Tante Goutiette gewesen sein! In Anbetracht seines geradezu qualvollen Dahindämmerns während der vergangenen Nacht konnte er überhaupt nicht glauben, dass er hiervon nichts mitbekommen hatte.

Sie hatte wieder zu singen begonnen, aber das ging jetzt in ein Stöhnen über. Semmler erbebte. Die nunmehr spitzen Juchzer bereiteten ihm Angst. Außerdem raste die Zeit dahin. Lang genug hatte er gebraucht, um einen genau bemessenen Zeitplan aufzustellen. Eigentlich hätte er jetzt bereits geduscht sein müssen, genauer gesagt, wäre er jetzt normalerweise dabei, seine Socken anzuziehen. Und er war noch immer im Pyjama.

Kopflos stolperte er zur Badezimmertür. Er wollte kräftig dagegen bollern, aber ein ganz besonders lustvolles Stöhnen ließ sein Selbstvertrauen schwinden. Hier konnte, wollte und durfte er nicht dazwischenfahren. Er schlich in sein Schlafzimmer und hockte sich auf die Bettkante.

Er konnte ja etwas auf dem Weg beim Bäcker kaufen. Einen Deodorantstift hatte er in der Nachttischschublade und ebenso eine Sprühflasche gegen schlechten Atem. Mit geübten Griffen kleidete er sich an. Dabei behinderte ihn der Verband. Mit diesem Zeugnis seiner Ungeschicklichkeit konnte er unmöglich in der Bank auftauchen. Er entfernte die verräterische Binde.

In eine Gabel gefasst zu haben ließ sich nicht übersehen. Natürlich durfte seine Verletzung nicht mit Schusseligkeit in Verbindung gebracht werden, denn Schusseligkeit gehört nicht in das Verhaltensspektrum eines Bankangestellten. Im letzten Winkel der Schublade fand er ein Pflaster. Das musste reichen.

Plötzlich durchfuhr ihn ein eisiger Schreck. Die Rollläden waren noch nicht oben! Eilig machte er sich daran und stellte beunruhigt fest, dass Frau Leibisch von gegenüber schon mit Lockenwicklern im Haar und dem Küchenkittel über einem blass bunten Kleid bei den Mülltonnen stand und herüberstarrte. Der Zeitpunkt, zu dem Semmler gewöhnlich seine Wohnung verließ, war also schon vorüber. Es war eine liebe Gewohnheit, dass sie sich immer gegenseitig grüßten und einen schönen Tag wünschten. Es wurde also höchste Zeit, das Haus zu verlassen. Er versenkte die Thermoskanne mit dem Rest Tee vom Vorabend in der Aktentasche, nahm auch den Stockschirm an sich, aber als er beinahe die Tür erreicht hatte, wurde er von hinten an seinem Jackett festgehalten. Semmler fuhr herum.

„Willst du deiner Tante nicht auf Wiedersehen sagen?"

In einem seidenen Kimono und exotisch duftend stand Tante Goutiette vor ihm. Ihr Anblick verwirrte Semmler vollends.

„Na... natürlich."

Tante Goutiettes Gesicht kam auf ihn zu. Semmlers Nackenhaare richteten sich auf. Dann drückte sie ihm einen Kuss auf die Lippen. Semmler versteinerte.

„Moment. Da ist etwas Lippenstift."

Sie wischte mit einem Kimonoärmel über Semmlers verhärtete Lippen.

„Nun geh, Walter. Du wirst sonst zu spät kommen."

Teils von ihr geschoben, teils mechanisch laufend, taumelte Semmler aus der Haustür. Er war schon fast bis zur Straßenecke gekommen, als ihm bewusst wurde, dass Tante Goutiette noch immer nichts über die wichtige Sache erzählt und außerdem, dass er Frau Leibisch nicht zurückgegrüßt hatte.

6.

Die Fußgängerampel sprang auf Grün, als Walter Semmler sie erreichte. Zwei Kreuzungen weiter, auf der anderen Straßenseite, lockte das Emblem der Bank. Er war versucht, den Schritt wie gewohnt dorthin zu lenken, aber sein Magen erinnerte ihn knurrend daran, dass er noch etwas zu erledigen hatte. Aus dem Augenwinkel bemerkte er das warme Licht einer Bäckerei. Ein schwacher Wind trug den Duft frischer Brötchen zu ihm herüber.

Im Gegensatz zur anderen Straßenseite war diese mit Kastanien bepflanzt. Kastanien machten immer irgendwelchen Dreck, und darum vermied Semmler es für gewöhnlich, hierher zu gehen. Heute lagen überall blassrosa Blüten, viele davon zu einem schmierigen, braunen Matsch zertreten. Semmler musste jeden Schritt bedächtig tun, um nicht auszurutschen. Außerdem wollte er den ungepflasterten Bereichen um die Baumwurzeln nicht zu nahe kommen, denn dort hatten Hunde ihre Haufen abgelegt. Andere Hunde schienen hingegen die unmittelbare Nähe der Hauswand zu bevorzugen, so dass Semmler lediglich ein schmaler Grat auf dem Gehweg blieb.

Als Semmler sein Ziel fast erreicht hatte, blieb er unschlüssig stehen. Die Bäckerei war voller Menschen. Er konnte nicht sagen, weshalb er sich eingebildet hatte, er würde der einzige Kunde sein, aber er musste sich eingestehen, dass er es gehofft hatte. Er überflog die Gesichter im Verkaufsraum durch die große Glasscheibe. Sollte er vielleicht doch nach einer anderen Bäckerei suchen? Sein Magen drängte lautstark nach einer Entscheidung. Er trat ein.

Die Verkäuferinnen füllten emsig Tüten. Semmler musterte noch einmal die Gesichter und atmete erleichtert auf. Nein, von denen hier kannte er niemanden. Wenn er jetzt bedient würde, dann konnte er sogar noch pünktlich sein. Ein Mann mit einem kleinen Hund kam gerade an die Reihe. Der Hund schnupperte an Semmlers Hosenbein.

„Ah, ein Mops", stellte Semmler fest.

Der Mann wirbelte herum.

„Das ist kein Mops", zischte er.

„Was ist es denn dann für ein Tier, wenn es kein Mops ist?", fragte Semmler überrascht.

„Das ist kein Mops", giftete der Mann, und Semmler lächelte verlegen. Die Umstehenden blickten zu ihnen herüber, und Semmler erkannte ein unmerkliches Nicken, das ihm bestätigte: Das war sehr wohl ein Mops!

„Sie wünschen?"

„Einen Apfelberliner und einen Kaffee", sagte Semmler.

„Sonst noch etwas?"

„Das ist alles."

Der Kaffee wurde ihm in einem Pappbecher über die Theke gereicht, und der Apfelberliner verschwand in einer Tüte.

„Das macht 2,20 Euro."

Viel zu teuer, dachte Semmler. Für einen Notfall aber noch billig.

Semmler stellte sich an einen Tisch und spülte den Kaffee hastig hinunter. Dabei schützte er mit einer Hand seine Krawatte vor möglichen Flecken. Ein paar Mal biss er von dem Berliner ab, aber darüber wuchs seine Unruhe derart an, dass er sich den Rest eilig hineinstopfte. Er hatte gerade noch dreieinhalb Minuten Zeit.

Die letzte Strecke legte Semmler im Sturmschritt zurück. Als er die Bank von der rückwärtigen Seite her erreichte, war er völlig außer Atem, hatte einen aufgeweichten Hemdkragen und war etwa zwei Minuten zu spät. Er atmete einmal tief durch und betrat das Gebäude. Sein Blick richtete sich auf die Wand mit der Stahltür am anderen Ende der Schalterhalle, und er steuerte darauf zu. Alle anderen Angestellten waren bereits da, wendeten sich aber mit einem Grinsen von ihm ab. Ein Albtraum.

Mit einem flauen Gefühl eilte er an der geschlossenen Tür des Filialleiters vorüber.

Aha, dachte Semmler. Reuter ist auch zu spät. Neben der Stahltür drückte er die Zahlenkombination in die Tastatur, trat ein und blieb wie angewurzelt stehen.

Im Raum hinter der Schalterhalle warteten Filialleiter Reuter sowie drei Herren in Schlichtblau. Die Herren trugen schmale, schwarze Koffer. Außer ihnen stand da auch Bezirksleiter Benisch. Semmler wurde blass.

„Entschuldigen Sie, dass ich mich verspätet habe", stotterte Semmler. Erst jetzt fiel ihm sein Kollege

Grahlke auf. Der war auch blass. Einer der Herren notierte etwas auf einem Zettel und Reuter schüttelte so unmerklich den Kopf, dass Semmler glaubte, es sich nur einzubilden. Verwirrt stand er in der Tür. Um die Situation besser einschätzen zu können, sah er noch einmal zu Grahlke hinüber, der sich daraufhin mit schiefem Grinsen abwendete.

Verflucht, dachte Walter Semmler. Was war hier los? Er erreichte seinen sicheren Stuhl, stellte die Aktentasche an das rechte Bein des Tisches und pappte eine schweißnasse Haarsträhne irgendwo hinten an seinem Kopf fest.

„Nun, dann wollen wir beginnen", meldete sich Bezirksleiter Benisch zu Wort. „Diese Herren hier sind eine Untersuchungskommission, welche die Effektivität unserer Arbeitsplätze einschätzen soll. Wir wissen, dass Sie Ihren Job beherrschen, aber dennoch schleichen sich mit der Zeit unnötige Bewegungen, Abläufe und was weiß ich noch alles ein. Wie andere Unternehmen muss auch dieses Institut mit dem Geist der Zeit gehen, und das bedeutet zwangsläufig, dass ein professionell geführtes Unternehmen, wie das unsere ..."

Das Folgende wurde in Semmlers Kopf durch das unheilvolle Crescendo eines großen Orchesters übertönt. Ein Test! Unwillkürlich leckte sich Semmler die jetzt trockenen Lippen. Seine Zunge stieß am linken Mundwinkel an etwas Weiches. Er zuckte zusammen. Noch bevor er etwas dagegen tun konnte, löste sich dieses Etwas, und ein Stück Apfel klatschte vor ihm auf den Tisch. Semmler merkte, wie er rot wurde, äugte vorsichtig zu den Herren und Reuter hinüber und wäre am liebsten im Boden versunken. Dieses Apfelstück hatte die ganze Zeit an seiner Lippe geklebt! Ihm wurde abwechselnd heiß und kalt. Darum hatte Grahlke so hinterhältig gegrinst. Unwillkürlich legte Semmler eine Hand über das Apfelstück. Es war die Hand mit dem Pflaster!

„... schlanke Unternehmen brauchen eine schlanke Struktur ..."

Semmler steckte sich das Apfelstück schnell in den Mund.

„Wir werden darum heute Sie, Herr Semmler, und Sie, Herr Grahlke, bei Ihrer Tätigkeit beobachten," erklärte Bezirksleiter Benisch, „um Optimierungsmöglichkeiten herauszufinden. Tun Sie einfach genau das, was Sie sonst auch tun."

Optimierungsmöglichkeiten wollten sie also herausfinden. Das klang vernünftig und das empfand Semmler darum auch nicht als besonders schlimm. Aber warum waren dazu so viele von diesen Herren und der Bezirksleiter notwendig? Warum schrieb einer der Herren pausenlos etwas auf? Und wieso verhielt sich Grahlke so seltsam? Da musste mehr dahinter stecken, und Semmler vermutete, dass sein Arbeitsplatz in Gefahr war.

Für sie beide war je ein Berg Geldscheine aufgehäuft, der nach Wert zu sortieren und zu zählen war. Der Gesamtwert sollte als Parameter für ihre Genauigkeit gelten. Ein Handikap war durch zahlreiche zerknickte Scheine gegeben, andere waren eingerissen und selbst Falschgeld hatte die Kommission darunter gemischt. Mit geübtem Auge und sensorgleichen Fingern entlarvte Semmler die Blüten, Knitter und Falten verschwanden zwischen seinen massierenden Fingerkuppen wie von selbst. Die Herren, Filialleiter Reuter und Bezirksleiter Benisch, die den ganzen Prozess überwachten, würden lediglich vermerken können, dass Semmler die Aufgabe wie ein Uhrwerk abspulte. Zumindest war das so, bis Semmler bemerkte, dass Grahlke schneller arbeitete.

Sein Vorsprung war noch nicht besonders groß, aber er würde ausreichen, um den Kampf zu entscheiden. Jedenfalls war Semmler inzwischen von einem Kampf überzeugt, denn Grahlke arbeitete so fieberhaft, als ginge es um sein Leben. Semmler legte ebenfalls zu. Aber das Pflaster behinderte ihn in seinen Bewegungen. Als er einen Packen Zweihunderter ordnete, spürte er Reuter näher kommen.

„Ganz ruhig, Semmler", hörte er ihn über sich.

„Oh, äh, ja ... geht schon. Ich bin etwas nervös, weil ich vorhin ...", flüsterte Semmler.

„Vergessen Sie das erst einmal", beruhigte ihn Reuter und stützte sich neben Semmler auf den Tisch.

„Sie haben doch wohl die Mitteilung gelesen, mit der ich Sie von diesem Besuch in Kenntnis gesetzt habe?", fragte Reuter noch leiser.

Semmler schüttelte den Kopf. Reuter griff in Semmlers Ablage und lupfte einen Zettel ein winziges Stück hervor.

„Tut mir Leid, Herr Semmler. Mehr konnte ich nicht für sie tun. Ich kann Sie ja nicht einfach nachts anrufen."

Ein Zweihunderter geriet mit einer Ecke unter das Pflaster, blieb dort auch dann noch verklemmt, als Semmler die Hand vom Packen zurückzog, löste sich aber spontan etwa eine halbe Armlänge davon entfernt und segelte zu Boden.

„Da liegt noch einer", flüsterte Reuter und deutete auf die Stelle am Boden.

„Oh, ja", hauchte Semmler und versuchte ein Dankeslächeln in sein Gesicht zu falten.

Grahlke blickte interessiert von seiner Arbeit auf. Sie hatten zwar die letzten Jahre beinahe kein Wort miteinander gewechselt, was damit zu tun hatte, dass Grahlke absichtlich und hartnäckig Zucker in Semmlers Kaffee getan hatte. Zunächst hatte Semmler darüber hinweggesehen, dann hatte er Grahlke zur Rede gestellt und dabei allerhand dummes Zeug zu hören gekriegt.

Semmler hatte den *Kollegen* daraufhin mit Verachtung und Arroganz gestraft, hatte seinen Tisch an die Wand gerückt und beschlossen, dass es Grahlke nicht mehr gab. Zumindest nicht in dieser kleinen Kammer.

Grahlke war auf das Spiel eingegangen, und so waren ihre Unterhaltungen gestorben. Semmler schrak inzwischen auf, wenn Grahlke etwa seine Brote auspackte oder sich sonst wie rührte, denn er hatte ihn schlicht vergessen.

Nach Semmlers letzter Äußerung musste Grahlke der Klang mitschwingender Angst aufgefallen sein.

„Was haben Sie denn an Ihrer Hand?", fragte Benisch, der hinter Reuter aufgetaucht war. „Eine Verletzung?"

„Nun ja, nicht direkt", gab Semmler zurück.

„Das wird bestimmt nichts sein", unterbrach Reuter.

„Was soll das heißen", fragte Benisch lauernd.

Mit einem Auge sah Semmler, wie Reuter sauertöpfisch lächelte, und außerdem, wie Grahlke triumphierend grinste und dann seinen Zeigefinger vom einen Ohr zum anderen über die Kehle führte. Semmlers Augen zogen sich zu Schlitzen zusammen. Dieses Arschloch, dachte er.

„Herr Bezirksleiter, Herr Semmler wird sicher eine gute Erklärung dafür haben, nicht wahr, die haben Sie doch?", fragte Filialleiter Reuter unsicher.

Semmler schwirrte der Kopf.

„Es war ... mir ist", stammelte er, „... also, das war ... ein Jagdunfall ... sozusagen."

„Ein Jagdunfall?", gellte Benisch.

„Sozusagen."

„Was haben Sie denn mit Jagen zu tun?"

„... sozusagen ..."

„Wir wollen uns beruhigen!"

Benisch fuhr zornig herum. Einer der Herren war einen Schritt vorgetreten.

„Das hier sollten wir jetzt nicht vertiefen", sagte er. „Wir haben hier eine wichtigere Sache zu prüfen. Wenn ich also bitten dürfte ..."

Semmler saß da wie von einem Blitz um Haaresbreite verfehlt. Grahlkes Grinsen hatte sich verschmiert, und Bezirksleiter Benisch zog sich mit einem misstrauischen Blick in den hinteren Teil des Raumes zurück. Semmler atmete erleichtert durch. Jetzt würde er zeigen, was er konnte.

7.

Marianne Finke saß an der Information der örtlichen Bücherei und fühlte sich ungeliebt. Sie wusste nicht, woher dieses unbestimmte Gefühl tiefer Einsamkeit kam, aber es war da. Dabei sollte es eigentlich keinen Grund geben, der ihr von Zeit zu Zeit die Farbe aus dem Leben zog. Sie hatte einen guten Job und eine gemütliche Wohnung, die sie erst kürzlich bezogen hatte. Ihr Umzug aus der Großstadt hierher hatte rein praktische Gründe. Einerseits war so der Weg zu ihrer neuen Arbeitsstelle wesentlich kürzer und außerdem auch der Weg zu ihrem festen Freund, der jedoch selten zu Hause war und ihr darum regelmäßig eine Karte aus fernen Ländern schickte.

Als Student musste man viel reisen, um seinen Horizont zu erweitern. So hatte er ihr das vor ein paar Monaten in einem zweiseitigen Brief aus Bangkok erklärt, und sie hatte ihn in seinem Streben nach Erfahrung tatkräftig und in angemessenem Umfange auch finanziell unterstützt. Er würde es ihr eines Tages danken, und manchmal hatte sie sich in Erwartung dieses Dankes heimlich darin geübt, mit seinem Nachnamen zu unterschreiben.

Trotzdem fühlte sie sich an manchen Tagen sehr einsam. Kinobesuche mit ihm blieben bloße Phantasieereignisse, und auch ihr Versinken in die bunten

Bildchen seiner Ansichtskarten konnte ihre Sehnsucht nach Geborgenheit nicht stillen.

„Wo mag er dort jetzt sein?", fragte sie sich dann, zündete eine Duftkerze an, legte sich eine nachtblaue Samtdecke über den Kopf, entnahm einem Ebenholzkästchen einen fast roten Bernstein und versetzte sich so in eine beinahe telepathische Stimmung. Sie stellte sich vor, dass er für das Bild auf der Postkarte kurz beiseite getreten war, aber gleich danach wieder seinen Platz an beispielsweise einem Palmenstrand einnehmen werde. Wenn die Karte eine Aufsicht einer Metropole zeigte, dann wählte sie eine besonders hübsche Stelle aus, um sich vorzustellen, er läge dort schweißgebadet auf einem Bett unter einem Moskitonetz, erschöpft von seiner Forschertätigkeit. Sie selbst käme dann herein mit einem kühlen Getränk, um anschließend mit ihm in Urwäldern umherzustreifen, Abenteuer zu bestehen und Sonnenuntergänge zu genießen. Dann seufzte sie leise, dachte, dass es sicher einmal so sein werde, machte mit ihrer Sofortbildkamera noch ein Foto von sich, das sie ihm zusammen mit dem von ihm gewünschten Betrag und ihren heißesten Wünsche mit der Hoffnung zuschicken würde, es mögen ihn in einem wehmütigen oder gar verzweifelten Moment erreichen und aufbauen.

Jetzt saß sie schon den ganzen Nachmittag vor ihrem flimmerfreien Monitor. Zahlenkolonnen huschten an ihren Augen vorüber. Als sie den Job vor Jahren angenommen hatte, waren ihr diese Zahlen äußerst fremd gewesen, aber mit der Zeit hatte sie mit jeder dieser Nummern ein Buch verbunden. Die Bücherei konnte

zwar nicht mit ihrer ehemaligen Bücherei in der Großstadt verglichen werden, aber dennoch war Marianne
Finke manchmal sehr stolz, wenn sie einem Anrufer eine Auskunft erteilen konnte, ohne in eine Liste, die den
Zahlencode einem Titel zuordnete, sehen zu müssen.

Wahrscheinlich macht mich nur diese verdammte Pe-
riode verrückt, versuchte sie ihre Stimmung zu erklären und stopfte sich ein Weingummi aus einer
Papiertüte in den Mund. Sie musste zur Toilette. Da
gerade niemand anwesend war, dem sie mit einer Information hätte behilflich sein können, griff sie nach ihrer Handtasche, winkte ihrer Kollegin Frau Hausner
zu und machte sich dann auf den Weg ins Kellerge-
schoss zur Personaltoilette.

Das kalkweiße Licht dort bereitete ihr Unbehagen.
Nachdem sie den Tampon gewechselt hatte, betrachtete sie sich eine Weile im Spiegel. Eine Strähne ihrer
braunen, schulterlangen Haare fiel ihr ins blasse, beinahe bleiche Gesicht. Eigentlich war die Brille etwas zu
groß und auch nicht mehr stark genug, und von Kolleginnen hatte sie erfahren, dass sie sich nicht vorteilhaft
kleidete. Nein, direkt hatten sie ihr das nicht gesagt,
dafür waren sie zu höflich.

Auf einer Betriebsfeier hatte sie in der Toilettenkabine
unfreiwillig eine Unterhaltung aufgeschnappt. Vielleicht
war auch jemand anderes gemeint gewesen, obwohl ihres Wissens niemand in der Bücherei Kniestrümpfe und
Dralonblusen trug. Auf Toiletten hört man nur selten
gute Sachen!

Mit einem Papiertaschentuch tupfte sich Marianne
Finke die Augenwinkel aus, denn dort war etwas zu

viel Wimperntusche hingelangt. Mit ihrem Anblick war sie ganz und gar nicht zufrieden. Sie löste die überdimensionale Sicherheitsnadel ihres weiß-grauen Wickelrockes und steckte sie ein paar Zentimeter höher durch den Stoff. Jetzt hatte sie zumindest etwas mehr Beinfreiheit. Dann ging sie wieder nach oben.

Vielleicht ist heute Abend ja etwas Schönes im Fernsehen, dachte sie, die Stufen erklimmend. Ich könnte mir eine Chipstüte besorgen.

8.

Kurz bevor die Arbeit zu Ende ging, öffnete Filialleiter Reuter leise die Stahltür und flüsterte etwas in den Schalterraum hinaus. Wenig später erschien Frau Hemmstedt mit einem Tablett Kaffee. Sie rauschte durch den Raum und verteilte Tassen an die Herren. Dabei kam sie Semmler so nahe, dass er ihr Parfüm riechen konnte. Tante Goutiette hatte genau so gerochen, als sie ihn am Morgen verabschiedet hatte. Tante Goutiette! Ob sie noch bei ihm zu Hause war? Er hoffte inständig, dass sie seine Küche aufräumte. Aber mehr noch hoffte er, dass sie verschwunden sein würde, wenn er heimkehrte. Die wichtige Sache, die sie ihm erzählen wollte, interessierte ihn überhaupt nicht mehr. Ausgerechnet zu ihm war sie gekommen, der nichts mehr fürchtete als unangemeldeten Besuch. Seine Mutter musste doch von einer Halbschwester wissen. Fragen über Fragen, die sich in Semmlers Gehirn festsetzten. Plötzlich stutzte er.

Hatte er sich nicht gerade verzählt? Oder hatte er sich irgendwann vorher verzählt? Er heftete seinen Blick auf die Digitalanzeige des Zählautomaten. Der würde keinen Fehler machen. Aber wie viele der Geldbündel hatte er bereits in den Leinensack gesteckt? Waren es vierzig oder fünfzig? Semmler marterte sein Gehirn. Er könnte alle noch einmal herausnehmen und nachzählen. Sein Blick huschte zu Grahlke hinüber. Der war fast fertig. Wenn Semmler nicht ins Hintertreffen geraten wollte, dann musste er jetzt schneller als Grahlke sein. Das war er seiner Ehre schuldig. Semmler schwitzte. Diese verfluchte Tante! Nur durch sie war er jetzt zu etwas gezwungen, das er zutiefst verabscheute. Er musste schätzen.

Semmler zitterte, als er fertig war. Grahlke war nicht minder aufgeregt. Er hatte den Geldstapel zwar etwas später aufgearbeitet als Semmler, konnte aber immerhin die richtige Endsumme nennen. Nun hing er gespannt an Semmlers Lippen. Fieberhaft versuchte der sich zu erinnern, wie viele Bündel er versehentlich nicht aufsummiert haben könnte. Oder ob er es doch getan hatte? Das Schweigen im Raum wurde unerträglich.

„Nun, Herr Semmler, was haben Sie errechnet?", fragte Bezirksleiter Benisch.

Semmler erwog die Möglichkeit, dieselbe Zahl wie Grahlke zu nennen, aber sicherlich hatten die Herren in Schlichtblau dieser einfachen Möglichkeit keine Chance eingeräumt. Er musste etwas sagen, und das genau jetzt.

„118.430 Euro?", flüsterte er unentschlossen und wusste nicht, warum er das sagte.

„Das ist ... richtig!", bestätigte Bezirksleiter Benisch.

9.

Es gibt sicherlich nur wenige Momente im Leben eines Menschen, die als ganz besonders erfreulich bezeichnet werden können. Aber diejenigen, in denen sich Befürchtungen zerschlagen, zählen bestimmt dazu. Semmler hatte sogar nach dem Test Gelegenheit gehabt, Doktor Geehrkes anzurufen. Der Arzt ließ sich Semmlers Maßnahmen bezüglich der Handverletzung schildern und konnte Semmlers Sorge zerstreuen. Mehr hätte auch er nicht tun können. Lediglich bei Komplikationen in den kommenden vierundzwanzig Stunden solle Semmler ihn aufsuchen. Und ja, er sei arbeitsfähig.

Nachdem er die Bank verlassen hatte, fühlte sich daher für Walter Semmler die Sonne wärmer an, der Himmel strahlte blauer, die Menschen erschienen ihm wie Gratulanten.

Übermütig kaufte er sich eine Cola, schwenkte in eine unbelebte Gasse ein und machte einen klitzekleinen Freudensprung. Dabei schwappte etwas aus der Cola-dose heraus und rann ihm über die Hand. Benisch würde mir jetzt kündigen, wenn er mich so sähe, dachte er verschmitzt.

„Der kann mich mal", hörte er sich sagen. Gierig saugte er die Dose leer, stellte sie auf das Pflaster und trat sie in hohem Bogen gegen ein Wasserrohr. Es schepperte lauter, als es Semmler erwartet hatte, und das riss ihn aus seinem Taumel. Er eilte den Weg zur Hauptstraße zurück.

Grahlke hatte erbärmlich ausgesehen, als ihm die Kündigung ausgesprochen wurde. Insgeheim hatte Semmler etwas Mitleid. Wenn sein *Jagdunfall* und diese seltsame Eingebung über die Höhe der Summe der sortierten Geldscheine nicht gewesen wären, dann stünde er jetzt sicher nicht in Versuchung, sich eine Blume zu kaufen, um sie in sein Revers zu stecken. Aber er konnte sich nicht entscheiden, denn die Blumen standen in zu großer Zahl und Vielfalt in den Kübeln, und außerdem erinnerte ihn das Muster aus Blütenköpfen in den Zinkeimern mit einem Mal an das von Tante Goutiettes Kimono.

Als er sich seiner Wohnung näherte, bemerkte er Frau Leibisch in ihrem Vorgarten. Bewaffnet mit einem kleinen Eimer suchte sie den Boden ab. Von Zeit zu Zeit hob sie etwas mit Hilfe einer Handschaufel auf, um es mit ekelverzerrtem Gesicht in den Eimer zu werfen. Semmler beschloss, sein Versäumnis vom Morgen nachzuholen.

„Guten Tag, Frau Leibisch!", rief er.

Frau Leibisch richtete sich auf. Semmler erkennend, schlug ihre Miene in ihr Morgengrußgesicht um.

„Ah, guten Tag Herr Semmler. Die Schnecken sind dieses Jahr wieder ganz fürchterlich. Aber was kann man machen?"

„Ja, ja", lachte Semmler verkniffen und warf einen misstrauischen Blick hinüber zu seiner Wohnhaushälfte. Die Rollläden waren hochgezogen, das Gartentor geschlossen, der Weg gefegt, und aus dem Briefschlitz in der Tür lappte eine Werbebroschüre heraus. Vielleicht war Tante Goutiette gar nicht mehr da.

„Sie sind heute Morgen etwas spät rausgekommen", meinte Frau Leibisch und versuchte, Semmlers Blick mit ihren Augen einzufangen.

„Ich ... äh ... nun ...", stammelte Semmler, während er nach einer belanglosen Erklärung suchte und dabei diesen bohrenden Augen auswich. Die Tante durfte er nicht erwähnen, denn dann hätte er genauso gut Flugblätter verteilen können.

„Die Batterie in meinem Wecker war leer, und ..."

„Ach so", sagte Frau Leibisch verständnisvoll. „Aber dafür sind Sie noch ziemlich pünktlich gewesen, nicht wahr? Mein Mann, Gott hab ihn selig, hatte auch eine innere Uhr."

Semmler lächelte artig. Ein weiterer, vergewissernder Blick schweifte zu seiner Wohnung hinüber. War da nicht doch irgendetwas anders? Frau Leibischs leichter Griff an seinen Arm zwang ihn, sich ihr zuzuwenden. Er hasste diese leichten Griffe!

„Da konnte kommen, was wollte. Jeden Morgen um ..."

Eine Weile ließ Semmler den Wortschwall über *Uhrwerk* und *Pünktlichkeit* über sich ergehen. Aber als Frau Leibisch einmal kurz wegschaute, flog sein Kopf zu seiner Wohnung. Sein Blick kroch scheinbar um das Haus herum. Und da sah er es!

Auf dem Rasen hinter dem Haus musste die Wäschespinne aufgeklappt worden sein, denn eine Strebe lugte hinter der Ecke des Hauses hervor. Semmler wurde unruhig. Er selbst hatte sie bestimmt nicht aufgespannt, und die Strunzens, die die andere Hälfte des Zweifamilienhauses bewohnten, waren verreist und würden erst am Wochenende zurückkehren. Als ein leichter Windstoß ein Stoffteil für einen Moment hinter der Ecke hervorblies, wurde er bleich. Er glaubte, einen schwarzen Spitzen-BH erkannt zu haben!

„Wir können nur froh sein, dass es heute doch nicht geregnet hat", hörte er Frau Leibisch wie aus großer Ferne sagen. Semmler fuhr herum.

„Äh ... wie?"

„Nun, wir haben beide Wäsche draußen hängen", bemerkte sie und zeigte auf ihre eigene Wäschespinne. „Aber keine Sorge, ich hätte Ihre schon von der Leine genommen. Wozu hat man denn Nachbarn? Sie hängt ja bestimmt schon seit gestern dort und dürfte über den Tag trocken geworden sein. Kommen Sie doch herein, und ich mache uns einen schönen, heißen Kaffee."

„Äh, was? Nein, ich muss ..."

„Haben Sie Besuch?", fragte Frau Leibisch.

Sie hat den BH gesehen, schoss es Semmler durch den Kopf. Ob sie die Tante dabei beobachtet hatte, als sie diese Sachen aufgehängt hatte? Er konnte kaum mehr klar denken.

„Äh ... nein ... das ist meine Wäsche."

Für Semmlers Geschmack setzte Frau Leibisch ein zweideutiges Lächeln auf. Aber er war auch nicht sehr gut in solchen Einschätzungen.

„Ja, meine! Das ist die Wäsche von mir."

Ich lüge, ich lüge, schrie es in Semmler auf.

„Ist denn Ihre Mutter schon da?", fragte Frau Leibisch verdutzt. „Ich habe sie gar nicht eintreffen sehen. Und ich sehe auch ihr Auto ..."

„Sie wird wohl zu Fuß gekommen sein", murmelte Semmler mechanisch und ärgerte sich sofort, denn zu Fuß zu kommen wäre so ziemlich das Letzte, was seine Mutter tun würde.

„Bestimmt ist sie jetzt trocken. Ich sollte ihr helfen, sie abzunehmen", fügte er an.

„Wenn Sie wollen, dann helfe ich ihr dabei. Das ist doch keine Arbeit für einen Mann", meinte Frau Leibisch.

„Nein", antwortete Semmler entschiedener, als er es gewollt hatte, „das mache ich schon. Einen schönen Tag noch."

Er drehte sich hastig um und eilte zum Haus. In seinem Nacken fühlte er Frau Leibischs Blick.

Tapfer erreichte er die Wohnungstür, zitterte den Schlüssel ins Schloss, öffnete die Tür und erstarrte.

Das Sofa war von seinem Platz gerückt worden, und im Viereck der in den Teppich gedrückten Mulden kniete Tante Goutiette auf dem Boden, eine Zigarette mit Spitze rauchend. Sie trug ihren geblümten Kimono und vor ihr stand ein Glas Rotwein.

„Hallo Walter", lächelte sie.

Semmler löste sich aus seiner Erstarrung, hastete zur Balkontür, stürzte nach draußen auf den Rasen, pflückte die Kleidungsstücke von der Wäschespinne, klappte das Gestell zusammen und stand dann schwer atmend in seinem Wohnzimmer vor der rauchenden Tante.

„Was hat das zu bedeuten?", keuchte er.

„Was meinst du?", fragte Tante Goutiette.

„Na, das hier. Die Wäsche, meine Wohnung!", rief Semmler unbeherrscht. Er eilte zur Küche. Hier war alles wieder in Ordnung. Er öffnete den Kühlschrank. Alles an seinem Platz. Er kehrte ins Wohnzimmer zurück.

„Niemand hat dir das Recht gegeben, hier alles auseinander zu nehmen!", schimpfte Semmler.

„Ich fühlte mich nicht wohl", erwiderte Tante Goutiette achselzuckend.

„Du sollst dich hier auch nicht wohl fühlen. Du sollst überhaupt nicht hier sein!"

Tante Goutiette blickte ihn erstaunt an.

„Willst du einen Schluck Wein?"

„Nein, ich will keinen Wein! Ich will, dass du hier verschwindest, und zwar augenblicklich!"

Tante Goutiette setzte sich kerzengerade auf, und ihre Augen verwässerten. Dann rutschte eine Träne über ihre glatte Wange, was Semmler heimliche Genugtuung gab, aber auch die Gewissheit, dass er dem nicht gewachsen sein würde.

„Walter. Ich brauche deine Hilfe", hauchte sie.

„Was?", bellte Semmler. Mit der Wäsche im Arm sackte er in den Fernsehsessel.

„Ich muss mich für eine Weile verstecken."

Semmler sprang der Mund auf.

„Aber ... ich weiß nicht, ob ich dir da ... verstecken sagst du? Du bist also auf der Flucht? Und dann zu mir? Du hast doch nicht etwa jemanden ..."

„Beruhige dich doch, Walter. Das Ganze ist ein Missverständnis. Aber bevor es aufgeklärt ist, wäre es für mich besser, wenn ich kurzzeitig untertauche."

Semmler atmete erleichtert durch.

„Ein Missverständnis also ... was heißt kurzzeitig?"

„Na eben für eine kurze Zeit."

„Das ist also die wichtige Sache, die du mir erzählen wolltest?"

Tante Goutiette nickte langsam.

„Ich will dir jetzt nicht die ganze Geschichte erzählen, aber zumindest so viel, dass ich bis auf deine Mutter und dich niemanden mehr auf dieser Welt habe."

„Warum kommst du dann zu mir? Mutter könnte dir viel besser helfen."

„Ehrlich gesagt, wir können nicht so gut miteinander", sagte Tante Goutiette und tupfte sich mit dem Ärmel des Kimonos die Augen.

„Das wundert mich nicht im mindesten", entgegnete Semmler spitz.

„Wirst du mir nun helfen?", fragte Tante Goutiette.

Semmler spürte, wie sein Magen zu Stein wurde. Wie schon am Abend zuvor fühlte er sich von ihr eingewickelt. Sicher, sie brauchte offenbar seine Hilfe und niemanden auf der Welt zu haben war bestimmt nicht leicht. Aber sie hier bei sich zu behalten war schlicht unmöglich. Was sollten die Leute denken, wenn er eine Frau bei sich aufnahm? Sah die Hausordnung so etwas überhaupt vor? Bestimmt würde ihm niemand glauben, dass sie seine Tante war. Aber dieser hilflosen Frau etwas abzuschlagen, dazu war er nicht der Mann, und es musste sie ja niemand sehen. Ein tiefer Seufzer drang aus seiner Brust.

„Wenn du mir versprichst, nicht wieder vor die Tür zu gehen, dann kannst du so lange bleiben, bis die Sache erledi..."

„Walter!"

Tante Goutiette sprang auf. Semmler sah das Weinglas wackeln, aber noch bevor sich sein Inhalt auf dem

Teppich ausbreitete, war ihm die Tante um den Hals gefallen. Er spürte ihren straffen Körper und ihre Wärme durch den dünnen Stoff des Kimonos hindurch. Ihr Parfum nahm ihm den Atem.

„Ich wusste, dass du mich nicht im Stich lassen würdest. Ich wusste es!"

„Schon gut", brummte Semmler. Derartige Gefühlsausbrüche verursachten bei ihm Beklemmungen. Tante Goutiette setzte sich zurück auf ihren Platz und strahlte ihn an.

Worauf hatte er sich da eingelassen? Und dann war da noch dieser schwarze Spitzen-BH, der sich im Nachhinein jedoch als eine schwarze Socke entpuppt hatte. Wie hatte er sich nur einbilden können, dass solch ein Stofffetzen, noch dazu schwarz und hauchdünn, in seine Vorstellung gerutscht war? Dabei konnte er sich doch lediglich an die gestärkten, hautfarbenen seiner Mutter erinnern. Seine Mutter! Sie würde gleich da sein.

„Das muss alles wieder an seinen Platz", sagte er entschieden.

„Aber Walter."

„Lass das Gerede! Mutter kann jeden Augenblick kommen, und dann muss alles wieder wie immer sein."

„Deine Mutter kommt her? Du lieber Himmel! Was will sie denn hier?"

„Das hat rein praktische Gründe. Wir werden ..."

„Bitte, sag ihr nicht, dass ich da bin", flehte Tante Goutiette.

„Aber du könntest ihr doch zumindest guten Tag sagen. Sie ist immerhin deine Halbschwester."

„Nein, auf keinen Fall. Versprich mir, dass du ihr nichts von mir und von dem, worüber wir geredet haben, erzählst."

„Geht das nicht etwas zu weit?"

„Versprich es mir. Das ist sehr wichtig."

„Also gut, ich verspreche es", knurrte Semmler unwillig. Dann hörte er harte Absätze auf dem Gehweg vor dem Haus. Er konnte gerade noch Tante Goutiette zusammen mit dem Wäscheberg in sein Schlafzimmer schieben, ein wenig Raumspray versprühen und ein Fenster gegen den Zigarettenqualm aufreißen, als die Türglocke ertönte.

10.

Die um wenige Sekunden verlängerte Wartezeit, bis ihr geöffnet wurde, machte Agnes Semmler stutzig.

Sie hatte in der Nacht schlecht geschlafen. Ruhelos hatte sie sich in ihrem Bett hin und her gewälzt, war dann aufgestanden, um ein Mittel gegen Kopfschmerzen einzunehmen, hatte ein paar Seiten in einem langweiligen Buch gelesen und dann den Vollmond verflucht, den sie für diesen Tatendrang verantwortlich machte. Über ein bloßes Dahindämmern war sie jedoch nicht hinausgekommen, so dass sie am Morgen wie gerädert am Frühstückstisch gesessen hatte.

Ein Blick über die Kaffeetasse hinweg zum Wandkalender hatte ihr verraten, dass sie heute ihren Sohn Walter besuchen musste. Er konnte froh sein, dass seine Mutter regelmäßig bei ihm nach dem Rechten sah. Bestimmt hatte er wieder zu lange Fingernägel.

Früher hatte sie den Tag, an dem Walter das Haus verlassen würde, um auf eigenen Beinen zu stehen, herbeigesehnt. Als Walter dann im Institut anfing, hatte sie sich doch etwas einsam und nutzlos gefühlt, aber nur so lange, bis sie bemerkte, dass ihr Sohn ohne ihre Unterstützung schlichtweg lebensunfähig war. Nein, sie hatte keinen Sohn verloren, sondern seine Wohnung dazugewonnen!

Mit Nagelschere, dem Rest des Manikürbestecks, ein paar Gummihandschuhen und einem Korb voller Konserven und leckerer Kleinigkeiten bewaffnet hatte sie sich so pünktlich auf den Weg gemacht, dass sie ihrem Sohn die Tür öffnen konnte, wenn der von der Arbeit kam. Doch sie war in einen Stau geraten, weil sich ein grässlicher Verkehrsunfall zwischen einem Glastransporter und einem Linienbus ereignet hatte. Während Sanitäter und Polizisten in ihrem Blickfeld hin- und hergerannt waren, hatte sie sich dazu beglückwünscht, Walter nie erlaubt zu haben, einen Führerschein zu machen. Doch wirklich verbieten müssen hatte sie es nicht, denn Walter schien an solchen Dingen ohnehin keine rechte Erbauung zu finden. Und so war Agnes Semmler eine taktisch kluge, weil tränenreiche Schilderung von Verkehrskrüppeln erspart geblieben.

Agnes Semmler erreichte die Wohnung ihres Sohnes somit später als geplant, ihr Auto postierte sie direkt vor dem Haus und klärte damit jegliche Zweifel über Besitzverhältnisse. Aus dem Augenwinkel erspähte sie Frau Leibisch in ihrem Garten, die zu ihr herüber grüßte.

Agnes Semmler brummte nur zur Antwort und überlegte, ob ihr Sohn wohl eine Affäre mit diesem Weib haben könnte. Für einen Augenblick war sie eifersüchtig, weil sie daran dachte, eine andere könnte das für Walter tun, was sie für ihn tat. Doch im Grunde brauchte sie sich keine Sorgen zu machen. Walter hatte noch nie eine Beziehung zu einem weiblichen Wesen aufgebaut, wenn sie einmal von dem Hamster absah, den sie ihm zum fünften Geburtstag geschenkt hatte. Als Walter eines Tages unter einem Handtuch und über einem dampfenden Kamillebad saß, um seine

Schleimhäute zu beruhigen, war ihr das winzige Wesen unter einen Fuß geraten. Der Holzschuh hatte keinerlei Mühe mit dem zarten Genick des Tieres gehabt. Glücklicherweise hatte Agnes Semmler den kleinen Kadaver unbemerkt entsorgen können. Den Rest des Tages hatte sie sich unwissend über den Verbleib des Tieres gezeigt, und am folgenden, Walters sechstem Geburtstag, hatte sie einen vollwertigen Ersatz in Form eines Plüschhasen geschaffen.

„Ach, da sind Sie ja doch! Ihr Sohn ist auch vorhin zurückgekommen!", rief Frau Leibisch. „Heute Morgen war er etwas spät dran."

Sie lächelte für Agnes Semmler etwas zu zweideutig.

„So, so", brummte sie misstrauisch und machte sich an das Öffnen des Törchens. Zuverlässigkeit, gutes Benehmen und Pünktlichkeit waren die Grundsätze ihrer Erziehung gewesen, und ein Abweichen von diesen Lebensprämissen musste sie ernst nehmen. Deshalb sog sie auf ihrem Gang über den kurzen Weg des Grundstückes alles auf, was auf eine Veränderung hindeuten konnte.

Aber der Weg war wie geleckt, die Rollläden waren hochgezogen und auch die Türglocke klang so vertraut wie eh und je.

Sie zückte gerade ihren Schlüssel, als die Tür aufgerissen wurde.

Walter trug zwar seinen grauen Anzug, aber der gehetzte Gesichtsausdruck war neu in der sonst bescheidenen Mimik ihres Sohnes. Seine Haare waren in Unordnung geraten, und außerdem war ihr mit dem Öffnen der Tür ein unbekannter Geruch entgegengeweht. Konnte das Frauenparfüm sein? Ohne die gestammelte Begrüßung Walters zu beachten, rangierte Agnes Semmler um die gespitzten Lippen ihres Sohnes herum und trat ein.

Wer hatte dafür gesorgt, dass Walter eine angenehme Behausung hatte? Wer hatte die Möbel ausgesucht und an ihren richtigen Platz gestellt? Wer hatte keine Mühe gescheut, alles sauber zu halten? Diese Fragen schrien in Agnes Semmler auf, als sie das verschobene Sofa und den Weinfleck erblickte. Und für alle gab es nur eine einzige Antwort. Sie selbst hatte das getan, und warum? Weil sie seine Mutter war! Sie musste sich setzen.

Semmler stand noch immer an der Tür.

„Kann ich dir einen Kaffee bringen?", fragte er.

„Du liebst mich nicht mehr", flüsterte sie tonlos.

„Aber Mama, was redest du denn da."

„Wie konntest du mir das hier antun. Habe ich dir nicht alles gegeben, was eine Mutter ihrem Sohn geben kann?"

„Ja ... natürlich ...", stammelte Walter.

„Dann erkläre mir das hier", sagte Agnes Semmler herausfordernd und richtete sich auf. „Erkläre mir, warum hier alles durcheinander ist, und vor allem diesen abscheulichen Geruch!"

„Nun ... ich will es versuchen. Schau ..."

Walter Semmler grub tief in seinem Kopf in der Hoffnung, diese Situation zufriedenstellend klären zu können. Er konnte unmöglich die Wahrheit sagen. Das hatte er Tante Goutiette versprochen. Und warum hatte er das getan? Aus purer Freundlichkeit. Schon wieder war er gezwungen zu lügen. Das zweite Mal an diesem Tag! Aber seine Mutter hatte er nie belogen. Immerhin war sie seine Mutter, und Tante Goutiette nur vielleicht eine Tante, allenfalls eine Halbtante, was schon ziemlich nahe an eine Nenntante herankam. Ein anderer hätte sich vielleicht nicht verpflichtet gefühlt, aber Semmler glaubte an seine Erziehung. Und jetzt waren da zwei Aspekte, die für ihn von gleicher Wichtigkeit waren: Wort halten und Wahrheit sagen. Er glaubte, mitten in einer Wüste zu liegen, mit Händen und Füßen an je ein Pferd gekettet. Er hörte die Peitschen der Treiber knallen. Er spürte die Gelenke aus den Pfannen springen ...

„Also, ich hatte mir gedacht, dass wir vielleicht auch einmal unter den Möbeln sauber machen sollten ...", begann er zaghaft. Er beobachtete, wie sich das Gesicht seiner Mutter neutralisierte, und schließlich, während er seine Eingebung entwickelte, zu strahlen begann.

Es war zwar neu für sie, dass Walter solche Ideen hatte, aber andererseits erschienen sie ihr wie die Frucht des Keimes, den sie vor vielen Jahren in ihn gelegt hatte. Das war ihr Sohn, das war ihr Werk. Jede Mutter konnte stolz auf so einen Spross sein. Er hatte ihr die Arbeit abnehmen wollen, hatte allein die Initiative ergriffen und die Möbel weggerückt.

„Und dann habe ich etwas Raumspray benutzt, um die Luft hier drinnen zu verbessern. Irgendwer in der Nachbarschaft muss etwas verbrannt haben, und der Qualm ist hier hereingezogen."

Eine warme Welle durchströmte Agnes Semmler.

„Du Dummerchen", surrte sie zärtlich, „das macht man doch erst, wenn alles gereinigt ist. Du hättest auch noch mehr Fenster öffnen können, denn draußen ist die Luft wieder frisch."

„Das habe ich ja auch getan, aber ..."

Sie stand auf und begann, Walters Haare zu ordnen. Ihre Bedenken waren weggeblasen.

„Wein ist doch nicht gut für dich. Sieh dir nur diesen hässlichen Fleck an", meinte sie schließlich nur noch gering vorwurfsvoll. „Außerdem wollten wir den doch für einen besonderen Anlass aufheben."

„Ja, Mama. Ich weiß. Es war ja auch für dich."

„Da müssen wir Salz draufstreuen", sagte Agnes Semmler.

Ein Fenster schlug zu. Semmler zuckte zusammen.

„Du solltest nie ein Fenster offen stehen lassen, wenn du es nicht beaufsichtigen kannst", tadelte seine Mutter. Zu Semmlers Entsetzen ging sie zum Schlafzimmer. Semmler presste die Augen zu und hatte den unbändigen Wunsch, seinen Kopf vollständig zwischen die Schultern zu ziehen. Gleich würde Mutter die Tante sehen, sie würde seine Lügen entlarven, und dann kam der Tod.

„So, nun ist alles in Ordnung. Die Wäsche hast du also auch schon gemacht. Die können wir gleich weglegen. Beim nächsten Mal nimmst du aber einen Weichspüler. Ich habe dir das doch schon einmal gesagt."

Es wurde ein harmonischer Abend. Semmler saß in seinem Sessel, während seine Mutter die Wohnung in einen klinisch reinen Zustand versetzte. Zwischendurch brachte sie es fertig, Semmler mit Leckerbissen zu verwöhnen. Warum war die Tante nicht im Schlafzimmer gewesen? Oder war sie doch da gewesen, hatte sich aber gut versteckt? Vielleicht im Schrank? Aber den hatte Mutter mit der sauberen Wäsche gefüttert. Oder unter dem Bett? Dort hatte Mutter nicht sauber gemacht. Während sie ihm schließlich die Fingernägel auf genau die richtige Länge stutzte und ihm dabei von den Ereignissen erzählte, die sich bei den Nachbarn und in ihrem Garten abgespielt hatten, begann sich Semmlers Unruhe zu legen. Als sie endlich bei einer Tasse Tee saßen – Semmler machte sich eine Freude mit Reuters Honig, seine Mutter wollte lieber Süßstoff nehmen – war ihr Gleichgewicht wieder hergestellt.

Gerade als er von seinem Erfolg in der Bank erzählte und dabei seine Qualitäten schamlos ausschmückte, drang ein hohes Sirren an seine Ohren. Es war zwar leise, aber es war da. Er wurde nervös und begann lauter zu sprechen um das Geräusch zu übertönen. Seine Augen tasteten jeden Millimeter des Gesichtes seiner Mutter ab, aber dieser hohe Ton schien jenseits ihrer Hörgrenze zu liegen.

Semmler drehte den Kopf unmerklich hin und her und war sich bald sicher, dass das Geräusch aus seinem Schlafzimmer kommen musste.

Da war sie wieder! Was mochte sie anstellen? In seinem Schlafzimmer gab es nichts, das einen derartigen Ton hätte erzeugen können. Er musste der Sache auf den Grund gehen. Und das, bevor auch Mutter der Ton auffallen würde. Er wagte es nicht einmal, sich das Szenario vorzustellen, das sich unweigerlich ergeben würde, wenn seine Mutter eine wahrscheinlich spärlich bekleidete Dame in seinem Schlafzimmer fände. Verwandtschaft hin, Verwandtschaft her!

„Ich muss auf die Toilette", unterbrach Semmler, erhob sich, machte einige Schritte, von denen er hoffte, sie würden entspannt wirken, um dann, kaum dem Wohnzimmer entkommen, in Richtung Schlafzimmer zu eilen.

Das Sirren wurde lauter, je näher er der Tür kam. Semmler schlich die letzten Schritte auf Zehenspitzen. Das Sirren erschien ihm nun nicht mehr homogen, vielmehr konnte er jetzt einen Rhythmus heraushören. Ja, es klang beinahe wie die durch Knistern und Rauschen verzerrte Stimme in einem unsauber eingestellten Radio. Aber er hatte kein Radio im Schlafzimmer! Es knackte in seinen Knien, als er sich vor das Schlüsselloch hockte. Beginnende Arthrose.

„Walter! Hast du genug Toilettenpapier?", hörte er seine Mutter rufen.

„Ja, ja!", rief er gepresst hinter hervorgehaltener Hand, um den Anschein zu erwecken, er wäre auf der Toilette. Aber in Wirklichkeit bohrte sich sein Auge durch den kleinen Raum des Schlüsselloches am schief gestellten Schlüsselbart vorbei ins Schlafzimmer. Und da drinnen sah er Tante Goutiette stehen. Semmler prallte zurück.

„Walter! Bist du bald fertig?", hörte er seine Mutter rufen.

Semmler schlich in das Badezimmer und schloss die Tür geräuschlos.

„Sofort!"

Seiner Mutter war das leichte Beben in seiner Stimme sicher nicht aufgefallen. Dann betätigte er die Spülung und kehrte ins Wohnzimmer zurück, um seinen Bericht unter Vernachlässigung aller Details zu beenden. Dann geleitete er seine Mutter höflich, aber bestimmt, an die Wohnungstür.

Angestrengt lauschend und schwer atmend stand Walter Semmler am Rande seiner in den Urzustand versetzten Wohnung und versuchte sich zu vergegenwärtigen, was ihn zu dem Rausschmiss seiner Mutter bewegt hatte. Ihr musste sein Verhalten äußerst merkwürdig erschienen sein, denn in der Vergangenheit war sie es immer gewesen, die das Ende ihres Besuches eingeleitet hatte. Das erste Mal in seinem Leben war es unbedingt nötig gewesen, dass seine Mutter nicht da war!

Das, was ihn dazu veranlasst hatte, war immer noch in seinem Schlafzimmer. Er fummelte ein Taschentuch aus den Tiefen der Hose, um sich sein schwitzendes Gesicht abzuwischen. Die Kleidung erschien ihm zu eng, und er lockerte die taubenblaue Krawatte. Anschließend schlich er in die Küche, öffnete einen der Hängeschränke und zog eine hinter Mehltüte und Kartoffelknödelpackung steckende Flasche Rum zum Backen hervor. Er füllte ein Glas mit der braunen Flüssigkeit. Der erste Schluck rann ihm brennend die Kehle hinunter und breitete sich heiß im Magen aus. Leichter Schwindel erfasste ihn. Dann wurde er mutiger, atmete einmal tief durch und setzte sich auf einen Küchenschemel.

An ihm zogen die Bilder von der nachts klingelnden Tante vorüber, dann die Unordnung in der Küche heute Morgen, dann der Test in der Bank, sein merkwürdiges Bestehen desselben, die Cola-Dose, die Aktivitäten seiner Tante während seiner Abwesenheit, der Besuch seiner Mutter und die komplizierte Entschärfung der Situation. Und schließlich das, was er durch das Schlüsselloch gesehen hatte. Sicherlich gab es eine vernünftige Erklärung für das alles. Vielleicht war das Sirren, das er gehört hatte, überhaupt nicht da gewesen, vielleicht hatte das Licht, das durch das Schlüsselloch gefallen war, den Anblick verzerrt. Vielleicht war er einfach zu nervös. Niemandem wuchsen sirrende Coladosen aus dem Kopf! Wahrscheinlich hatte er zwei Bilder des Tages miteinander vermischt. Aber dass ein Mensch mit den Fingern in der Steckdose noch aufrecht stehen konnte, grenzte an ein Wunder. Sie war splitterfasernackt gewesen!

Walter Semmler nahm noch einen tiefen Schluck aus dem Glas.

Ich muss da noch mal hin, beschloss er mutig. Und sei es nur, um etwas klarzustellen.

Schwerfällig erhob er sich vom Küchenschemel. Zur Sicherheit nahm er das Glas mit.

Nicht das leiseste Geräusch war mehr zu hören. Den fahlen Lichtschein, der unter der Tür in den dunklen Flur drang, empfand er als unheilvoll. Sein Herz pochte bis unter die Haarwurzeln und zur Beruhigung nahm er einen weiteren Schluck aus dem Glas. Leise keuchend bezog er Stellung. Er konnte nichts erkennen. Der Schlüssel verdeckte jetzt das Loch vollständig. Was sollte er tun? Was würde ihn erwarten, wenn er einfach hineinging? Oder sollte er zuvor anklopfen? Aber dann würde sie vielleicht etwas verändert haben, und dann würde er niemals erfahren, ob er anfing zu spinnen.

Entschlossen erhob er sich und drückte die Klinke hinunter. Tante Goutiette lag in ihrem Kimono auf dem Bett. Ihre schmalen Hände waren über dem Bauch gefaltet und Walter konnte nicht glauben, dass er wenige Minuten zuvor eine Veränderung daran bemerkt hatte. Auch am Kopf konnte er kein Anzeichen einer Sollbruchstelle erkennen. Der Stecker der Nachttischlampe baumelte nicht mehr schlaff an der Wand herunter, sondern steckte vorschriftsmäßig in der Dose.

„Ist sie weg?", fragte sie.

„Ja", erwiderte Semmler tonlos.

Leicht schwankend näherte er sich dem Bett.

„Ich kann das alles nicht machen", begann er.

„Du kannst was nicht machen?"

„Nur deinetwegen habe ich gerade Mutter belogen. Nein, ich habe sie belogen und weggeschickt. Noch nie habe ich Mutter belogen oder gar weggeschickt."

„Und was hat das mit mir zu tun?", fragte die Tante.

„Das hat alles nur mit dir zu tun. Du wolltest dich ruhig verhalten, und dann stellst du diese Sachen hier im Zimmer an."

„Sachen?"

„Ich kann dich nicht hier lassen!"

„Hast du etwa getrunken?", lachte Tante Goutiette und wies auf das Glas.

„Nun, ähm ... ein wenig ..."

Tante Goutiette richtete sich auf und dabei verrutschte der Kimono gerade soviel, dass Walter Semmler ihre Nacktheit kurz zuvor bewusst wurde.

„Komm her", forderte ihn Tante Goutiette lächelnd auf, und er folgte widerspruchslos. Er sackte neben ihr auf die Bettkante, doch kaum spürte er die weiche Decke, als sich die Arme von Tante Goutiette um seinen Hals legten.

„Du hast es versprochen", flüsterte sie. „Erinnerst du dich?"

Semmler nickte.

„Es reicht doch für heute, dass du deine Mutter angelogen hast. Willst du dem auch noch ein gebrochenes Versprechen hinzufügen?"

Semmler schüttelte den Kopf.

„Nimm noch einen Schluck", forderte ihn die Tante auf, und Semmler hielt das in dem Moment für eine gute Idee.

Dann schien der Schrank das Bett zum Tanz aufgefordert zu haben. Tante Goutiette war irgendwo mittendrin, und sich selbst konnte Semmler nirgendwohin richtig zuordnen. Er bekam Angst und krallte sich an ihrem Fußgelenk fest. Dann tat sich der Boden auf und der Sturz ging bis zum Mittelpunkt der Welt.

11.

Semmler erwachte mit einem Kater und wusste seine Gefühle nicht einzuordnen. Er war sich auch nicht sicher, was in der vergangenen Nacht passiert war. Jedenfalls stand fest, dass er nackt in dem Bett lag, in dem auch die Tante gestern gelegen hatte.

Plötzlich hatte er das Bedürfnis, möglichst viel Abstand zwischen sich und dieses Bett zu bringen. Er warf sich seinen Bademantel über.

Obwohl die Tante nicht da war, schien sie doch flächendeckend ihre Spuren hinterlassen zu haben. Rastlos wie eine Flipperkugel trieb es Semmler auf der Suche nach einer tantenfreien Stelle durch die Wohnung. In der Küche glaubte Semmler, ein Hühnerbein herumliegen zu sehen. Im Badezimmer schien sich das lustvolle Stöhnen im Duschvorhang verfangen zu haben. Das Wohnzimmer hätte ein Rückzugsort sein können, bis er die schwachen Umrisse des Weinflecks und eine Teppichmulde entdeckte. Er stürzte auf die Veranda. Dort fiel sein gehetzter Blick auf die Wäschespinne, und die Erinnerung an die Socke, die er für ein hauchdünnes Utensil gehalten hatte, scheuchte Semmler auf die Straße. Dort ging er ein paar Schritte auf und ab, bis er zur Ruhe kam.

Wenn er daran dachte, in seine Wohnung zurückzukehren und der Tante dort über den Weg zu laufen, wurde ihm übel. Wie würde er sich verhalten? Was würde er dann sagen? Konnte er jemals zurück? Er hockte sich auf den Bordstein.

Aber was hätte er tun können? Es war alles so schnell gegangen, dass er sich auch an nicht sonderlich viel erinnern konnte. Wenn er einmal von jenem gewaltigen Wirbel absah.

Hätte er doch nicht diesen Rum getrunken! Dann hätte er klar denken können, und dann würde er jetzt nicht hier ...

Ein Zeitungsbote radelte vorüber und grüßte freundlich.

Er weiß, was ich getan habe, durchfuhr es Walter Semmler. Die ganze Stadt weiß es!

Blödsinn! Niemand hatte die Tante in jener Nacht seine Wohnung betreten sehen. Er musste lediglich dafür sorgen, dass ihre Aktivitäten unbemerkt blieben. Das würde nicht einfach sein, denn die Nachbarschaft war eine Amöbe, die von solch pikanten Details lebte. In seiner Magengegend breitete sich Unbehagen aus.

Die Sache an sich war schon verrufen genug, aber mit einer Verwandten? Wenn da ein Kind bei herauskäme oder gar mehrere – mit Defekten! Wenn er ihr doch nicht dieses Versprechen gegeben hätte. Aber Verwandten gab man Versprechen, und die waren nicht zu brechen. Doch was wäre, wenn sie nicht seine Verwandte wäre? Bisher stand nur ihr Wort gegen das seine. Dann hätte er ein Versprechen gegeben, für das die Bedingungen zumindest fragwürdig waren. An solch ein Versprechen müsste er sich nicht halten. So käme er vielleicht aus der Sache heraus! Er musste das herausfinden. Mutter durfte ihm dabei gewiss nicht helfen, aber wo konnte er sich dann erkundigen?

Semmler stutzte.

Wenn er früher etwas hatte herausfinden wollen, dann war er in die Bibliothek gegangen. Schön, das, was es früher herauszufinden galt, war von völlig anderer Art gewesen. Aber einen Versuch wäre es zumindest wert. In Semmler keimte eine wilde Hoffnung auf. Die Bibliothek war schließlich ein Ort der Information. Dort standen Bücher, vollgestopft mit geheimem Wissen, mit verbotenem Wissen. In der Bibliothek stand das Wissen der Welt. Allerdings war er schon sehr lange nicht mehr dort gewesen, er würde fremde Menschen ansprechen müssen, von Menschen angesprochen und beobachtet werden und … in Semmlers Vorstellung öffneten sich plötzlich dunkle, hohe, muffige Gänge, tapeziert mit schwarzbraunen ledernen Buchrücken, Staub und Spinnweben. Seine Hölle, die noch dazu ganz und gar nicht auf seiner Route zur Bank, zum Bäcker oder zum Supermarkt lag. Vielleicht nach Feierabend.

12.

Frau Leibisch hatte ihren Tag wie gewöhnlich begonnen. Als sich die Sorgen ihres Lebens in ihrer Gedankenwelt ausbreiteten und ihr jede Möglichkeit wieder einzuschlafen nahmen, entstieg sie ihrem Federbett und begab sich ins Badezimmer. Dort betrachtete sie ihr verschlafenes Gesicht. Speziell eine Falte, die sich während der Nacht zwischen die rechte Wange und den Nachthemdkragen gelegt hatte, zwang ihr eine zusätzliche sorgenvolle Runzel auf die Stirn.

„Bin auch nicht mehr die Jüngste", murmelte sie und gurgelte mit ihrer Mundspülung. Mit knapp zweiundvierzig Jahren begannen ihre Formen zwar schon etwas zu verlaufen, aber dennoch wusste sie ganz genau, wie sie sich im Falle eines Falles herzurichten hatte, um wenigstens Anlass für abschweifende Blicke auf Straßenfesten zu geben.

Weil sie jetzt schon eine Woche ein streng bemessenes Frühstück erduldete, gönnte sie sich eine kleine Belohnung in Form eines Cremekekses. Dabei verfolgte sie teilnahmslos das Morgenprogramm im Fernsehen. Die Wetterprognose konnte sie mit einem raschen Blick nach draußen bestätigen. Es würde ein wundervoller Tag werden. In Gedanken spielte sie alle Möglichkeiten durch, die ihr blieben, wie ein solcher Tag anzugehen sei.

Seit dem Tod ihres Mannes fühlte sie sich manchmal ihres Antriebes beraubt. Ihre Aktivitäten beschränkten sich auf ihren Garten und die monatliche Registrierung des Einganges ihrer Witwenrente. Aus dieser Langeweile heraus hatte sie begonnen, sich mit ihren Nachbarn zu beschäftigen und war schließlich an den Punkt gelangt, alle Neuigkeiten an alle anderen Nachbarn weiterzuerzählen. Sie hasste sich dafür. Dennoch zwang sie jedes Geräusch auf der Straße ihre Hausarbeit zu unterbrechen, um zum Fenster zu eilen. Ja, sie hatte es sogar inzwischen so eingerichtet, dass sie zu markanten Zeiten, etwa wenn der Postbote, der Müllwagen oder der Eiermann vorüber fuhren, in der Nähe des Fensters zur Straße oder sogar im Garten zu tun hatte. Am Abend war sie dann sehr erschöpft. Dabei waren die meisten dieser kurzen Geschichten tödlich langweilig. Wen konnte es schon interessieren, dass Walter Semmler am Vortage wahrscheinlich zu spät zur Arbeit gekommen war, dass seine Mutter ihn besucht hatte, und dass er sie schließlich vor die Tür befördert hatte? Auch dass Walter Semmler gerade in diesem Moment vor seinem Haus auf dem Bordstein hockte konnte eigentlich nur für sie selbst von Interesse sein.

Frau Leibisch vergaß einen Schluck aus der vor die Lippen gehaltenen Kaffeetasse zu nehmen, und so schwappte etwas von ihrem Inhalt über ihren Küchenkittel.

Was machte ein Mann wie Walter Semmler zu dieser Zeit auf der Straße, obwohl doch seine Rollläden noch herabgelassen waren?

Frau Leibisch klebte hinter ihrer Gardine. Ganz deutlich erkannte sie, dass Walter Semmler unter seinem Bademantel eine Pyjamahose trug. Auch seine zerwühlten Haare waren ihr nicht entgangen, und selbst für einen kurzen Morgenspaziergang waren Hausschlappen nicht geeignet.

Nun stand er auf. Als er sich an der Haustür noch einmal umblickte, schob sich Frau Leibisch in den hinteren Teil des Zimmers. Dort würde er sie nicht bemerken. Ihr eigener Mann hatte sich immer ungewöhnlich benommen, wenn er zu einem Entschluss gekommen war. Andere Männer wurden seltsam, wenn eine Frau im Spiel war.

Sie schluckte schwer. Das musste sie herausfinden. Schließlich hatte sie Walter Semmler lange genug beobachtet, um sich über seine Neigungen so sicher zu sein, dass sie seinem Heiratsantrag sofort zugestimmt hätte. Eine mögliche Konkurrentin musste sie auf jeden Fall begutachten, ausloten und dann mit allen ihr zur Verfügung stehenden Mitteln ausbooten, denn sonst wären alle Morgen, die sie zeitig aufgestanden war, um die Erste zu sein, die Walter Semmler grüßen konnte, vergebens gewesen.

13.

Der Gedanke an den gemütlichen Abend von gestern bereitete Marianne Finke noch immer solches Vergnügen, dass sie mit einem feinen Lächeln auf den Lippen ihrer Arbeit, die im Moment aus dem Einsortieren zurückgegebener Bücher bestand, nachging. Die Regale um sie herum wirkten wie gute Freunde auf sie, wie Behüter, wie Beschützer. Als schließlich alle Bücher an ihren Plätzen waren, kehrte sie an ihren Tisch an der Ausleihe zurück. Dort wartete ein Mann. Das wird ja immer besser, dachte Marianne Finke.

„Mein Name ist Semmler", sagte Walter Semmler, noch bevor sich Marianne Finke in ihre Position manövriert hatte. Der Bürostuhl rollte nicht gut.

„So, so", murmelte sie, während sie ihr Gegenüber musterte. „Womit kann ich Ihnen helfen?"

Walter Semmler starrte seine Hände an wie Fremdkörper.

Wie süß, entschied Marianne Finke.

„Also ... äh ... ich suche ... eine Frau."

„Aha", meinte Marianne Finke. „Und die suchen Sie in der Bibliothek."

Semmler zuckte hilflos mit den Schultern.

„Wenn Sie eine Frau suchen, dann halten Sie entweder Ihre Augen offen oder aber, Sie gehen zur Polizei."

„Nein, nein … so suche ich keine Frau", stammelte Semmler. „Ich meine, sie ist mit mir verwandt … oder so ähnlich."

„… so ähnlich?"

„Ich weiß doch auch nicht, was ich davon halten soll, und darum muss ich das herausfinden."

„In der Bibliothek", hielt Marianne Finke überaus sachlich fest. Walter Semmler war einen Moment verwirrt und erwog, dass man ihm das nächtliche Erlebnis mit Tante Goutiette ansehen könnte.

„Sehen Sie sich das doch einmal an."

Er hielt ihr einen kleinen Zettel hin.

„Sie haben sich wohl an einer Gabel verletzt", meinte Marianne Finke und deutete auf Semmlers Hand.

Walter Semmler schüttelte verlegen und zugleich verärgert den Kopf.

Marianne Finke drehte den Zettel hin und her.

„Goutiette Semmler … Ihre Schwester?"

„Du lieber Himmel, nein!", rief Semmler, dem für einen kurzen Augenblick diese noch verbotenere Variante seines Fehltrittes gewahr wurde.

„Sie ist meine Tante … zumindest behauptet sie das."

„Ach so", meinte Marianne Finke vorsichtig. „Sie wollen Genealogie …"

Semmler schaute sie fragend an.

„… entschuldigen Sie … Ahnenforschung betreiben. Da sind Sie dann aber völlig falsch hier."

Walter Semmler nahm den Zettel zurück. Enttäuscht wendete er sich ab. Wo sollte er denn jetzt noch hingehen? Angeschlagen schritt er den Weg zurück.

„Warten Sie doch!"

Semmler schreckte herum.

„Sie sollten zum Rathaus ... zum Standesamt gehen."

Welch ein Wort, dachte sie bei sich.

„Dort kann man Ihnen Auskunft erteilen," erklärte sie freundlich. Sie schaute auf ihre Uhr. „Vielleicht erwischen Sie gerade noch jemanden, der Ihnen helfen kann."

Semmler murmelte ein Dankeschön und trottete aus der Bibliothek. Marianne Finke sah ihm nach, und dabei hatte sie ein ganz eigentümliches Gefühl.

14.

16:57 Uhr. Walter Semmler ergriff den Messingknauf der Rathaustür und zog entschlossen daran. Die schwere Tür schwang auf, und Semmler stand auf dem Schachbrettmuster des Fliesenbodens.

Wenn er sich besser in seiner kleinen Stadt ausgekannt hätte, dann hätte er schon viel früher hierher finden können. Aber so war aus den paar hundert Metern von der Bibliothek aus ein anständiger Marsch geworden. Schließlich hatte er jemanden nach dem Weg gefragt, aber da hatte er sich schon fast vor dem Gebäude mit dem Zwiebelturm befunden.

Jetzt stellte er sich schwer atmend vor eine große Tafel, auf der sämtliche Ämter aufgelistet waren. Sein Blick flog daran rauf und runter, bis er *Standesamt* nebst einiger Zimmernummern fand. Er wiederholte leise murmelnd diese Zahlen, schloss dafür kurz die Augen und drehte sich dann langsam von der Tafel weg.

„Entschuldigen Sie!"

Semmler riss die Augen auf und blickte in ein aufgeschwemmtes Gesicht unter einem Kopftuch und über einem hellblauen Kittel.

„Wir schließen."

„Aber ..."

Erst jetzt bemerkte Semmler so etwas wie einen Wagen auf kleinen Rollen, der einen Müllbeutel aufgespannt hielt, sowie einen Schrubber in der Faust der Frau.

„Ich muss zum Standesamt", keuchte Semmler.

„Da ist jetzt keiner mehr. Die halten sich strikt an die Öffnungszeiten", lächelte die Frau süßlich und wies auf die Tafel. „Spätestens um fünf fällt denen alles aus den Händen."

Semmler warf einen Blick auf die große Uhr an der Wand. Dann drehte er sich erneut der Tafel zu. Er überflog den Hinweis auf die Öffnungszeiten. Die waren deckungsgleich mit seinen eigenen Arbeitszeiten! Nur heute schloss das Amt eine Stunde später. Das bedeutete, dass er erst wieder in einer Woche ...

„Wenn ich Sie jetzt bitten dürfte", hörte er die Frau hinter sich knurren. „Ich muss abschließen."

„Wann soll ich denn dann überhaupt hierher kommen?", fragte Semmler.

„Wenn offen ist. Morgen früh zum Beispiel."

„Aber da muss ich arbeiten."

„Das muss ich jetzt auch. Also ...", murrte die Frau. Dann schaute sie Semmler mit zusammengekniffenen Augen an und stützte sich dabei auf den Schrubber.

„Kenne ich Sie nicht von irgendwo her?"

„Was?", stieß Semmler hervor.

„Aber natürlich!", ein Lächeln flog über ihr Gesicht. „Sie sind doch der Herr Semmler, oder? Der von der Bank! Mir fällt es immer schwer jemanden zu erkennen, wenn ich ihn woanders als gewohnt sehe."

„Äh ... ja ... ich bin ..."

„Und *Sie* wollen zum Standesamt?"
„Es ist nur ..."
Er hielt inne.
„Ach, gehen Sie doch zum Teufel!"

15.

„Noch ein Tässchen Kaffee vielleicht, Isolde?", fragte Agnes Semmler.

„Ach ja, heute kann ich ja noch mal", antwortete die angesprochene Isolde Römer und hielt ihr die Tasse auf der Untertasse entgegen.

Neben diesen beiden Frauen saßen noch Frida Hempel und Gertrude Wollenweber in Agnes Semmlers Wohnzimmer. Die vier betagten Damen trafen sich jede Woche einmal zu einem Kaffeekränzchen, das aus einem *Jungmütter-Kreis* nach dem Krieg erwachsen war. Selbstverständlich war der Kreis zu Beginn größer gewesen. Aber einerseits hatte es einige Mitglieder nach dem Krieg nicht in der Stadt gehalten, zum anderen war die Zahl der Verblichenen nicht zu unterschätzen, und schließlich waren ein paar einfach hinausgeekelt worden.

Obwohl zumindest Frida und Trudi, so wurde Gertrude von allen genannt, bereits Großmütter waren, hatte sich ihr Kaffeekränzchen hartnäckig als Jungmütter-Kreis erhalten. Dabei hatte Isolde Römer eigentlich gar keine Kinder, aber da sie nach dem Krieg mit einem amerikanischen Offizier durchgebrannt war und erst Jahre später nach ihrer Scheidung ihren Fuß wieder in die Stadt gesetzt hatte, erlaubte sie sich die kleine Nachlässigkeit, ihre Kinderlosigkeit zu verheimlichen. Den anderen Müttern hatte sie erzählt, sie hätte eine in Amerika zurückgelassene Tochter namens Sybille. Seitdem lebte sie in der ständigen Angst, dass ihr Geheimnis eines Tages entdeckt würde.

„Trudi, du auch?", fragte Agnes Semmler.

„Danke, ich hab noch", antwortete Trudi und führte ihre alten Lippen an die Sammeltasse.

„Deine Torte ist wieder ganz hervorragend", meinte Frida und hob sich ein gewaltiges Stück Schwarzwälderkirsch auf den Teller.

„Mein Zucker ist etwas runtergegangen", rechtfertigte sie sich gegenüber den anderen, aber weil sie das jedes Mal behauptete, glaubte ihr hier niemand.

„Was macht denn unsere Kleine in Amerika?", fragte Agnes Semmler.

„Oh", antwortete Isolde und versuchte, sich sowohl an die Geschichte zu erinnern, die sie sich am Morgen ausgedacht hatte, als auch an die, die sie beim letzten Mal erzählt hatte.

„Sie ist jetzt ... also sie arbeitet an einer großen Sache ... beim Fernsehen oder so ... ich hab das nicht so genau verstanden ... diese Sache."

Die anderen hielten inne.

„Aber letzte Woche hattest du doch gesagt, dass sie jetzt zwei Kinder hätte ... Zwillinge, wenn ich nicht irre ... kann man denn da noch arbeiten gehen?", fragte Frida.

Isolde dachte scharf nach.

„Ja, das stimmt schon. Aber das ist es ja gerade. Die Kinder sind ... die Kinder sind ..."

Trudi hörte auf, in ihrem Kaffee zu rühren.

„Ja? Was ist mit den Kindern?", fragte Agnes scharf, denn ihr waren die abenteuerlichen Geschichten über jenes beinahe mystische Wesen verdächtig. Eine Frau von wahrscheinlich Mitte vierzig bekam nicht so ohne weiteres Zwillinge und überlebte das dann auch noch.

„Ähm ... die Kinder ... sind nicht von ihr gewesen."

Frida fiel ein Happen Schwarzwälderkirsch von der Kuchengabel.

„Nein, ist nicht wahr!", rief Trudi, und Agnes Semmler lehnte sich behaglich zurück.

„Doch, Sybille hat da einen Mann kennen gelernt, und der hat die beiden Kinder. Die sind beinahe schon erwachsen. Und da muss man sich dann ja auch nicht so drum kümmern."

Erleichtert trank Isolde einen Schluck Kaffee.

„Jetzt hat sie aber doch zumindest einen Mann", schloss Trudi.

„... und zwei fast erwachsenen Kinder", vollendete Agnes Semmler.

„Nicht direkt ... der Mann hat sie jetzt sitzen lassen."

Für Agnes Semmler war wenigstens das einmal eine Nachricht, die einen Schatten auf die Zuckertorte in Amerika warf.

„Sybille hat das sehr mitgenommen, und ich habe über drei Stunden nach Amerika telefoniert, um das Kind zu beruhigen", erklärte Isolde zerknirscht.

„Sie hätte schon viel früher heiraten und Kinder kriegen sollen, dann müsste sie sich nicht auf so was einlassen", meinte Frida, und die anderen nickten zustimmend.

„Aber jetzt ist sie ja in Amerika beim Fernsehen", sagte Trudi.

Isolde nickte.

„... drei Stunden habe ich mit ihr telefoniert!"

Alle schaufelten Torte in sich hinein.

„Walter scheint es auch nicht gut zu gehen", sagte Agnes in die Kulisse aus Gabelgeklapper und Fridas leisen Schmatzgeräuschen hinein.

„So, so", kaute Isolde und war froh, heil aus der Sache herausgekommen zu sein. Sie wischte sich ihre beinahe echte Träne fort. „Ich habe mich schon gewundert, warum er heute nicht dabei ist."

„Der braucht heute auch gar nicht erst hier aufzukreuzen. Stellt euch vor, er hat mich gestern mehr oder weniger hinausgeworfen", erklärte Agnes Semmler.

„Ach was", staunte Trudi.

„Wenn ich es doch sage. Der Junge war mir etwas unheimlich!"

„Das ist das Alter", meinte Isolde lakonisch.

„Meine haben auch so angefangen", erklärte Frida zwischen zwei Kirschen hindurch.

„Erst saugen sie einen aus bis aufs Blut, und dann werfen sie einen weg. Männer!", knirschte Isolde.

„Mein Walter ist eigentlich nicht so", meinte Agnes. „Er hat mir alles genau erklärt. Die Wohnung sah ja aus wie ein Schlachtfeld. Komischer Geruch in der Luft, Möbel verrückt, Wäsche im Schlafzimmer, Wein ..."

„Ach nee", meinte Frida.

„Er hat gesagt, er hätte mir ein Glas davon eingeschenkt."

„Hat der noch alle Tassen ...?", begann Isolde, verstummte aber schlagartig, nachdem ihr Agnes Semmlers Blick geradewegs in die Magengrube gefahren war.

„So was hat der bisher nicht gemacht. Aber das hatte sich alles schnell geklärt. Er wollte nur mal richtig saubermachen. Aber dann hat er mich plötzlich einfach vor die Tür gesetzt. Seine eigene Mutter!"

„Seine eigene Mutter!", murmelten die anderen und schüttelten ihre Köpfe.

„Genau genommen hat er mich hinausgeworfen, nachdem er von der Toilette gekommen war."

„Vielleicht ist er ernsthaft krank", vermutete Trudi.

„... und erzählt mir nichts davon?", rief Agnes Semmler. Im Stillen dachte sie aber plötzlich anders. Vielleicht leidet er tatsächlich an einer Krankheit, überlegte sie ein wenig besorgt. Über die anatomischen und physiologischen Eigenarten des männlichen Körpers wusste sie besser Bescheid, als ihr Sohn je vermutet hätte.

„War er vielleicht auffallend bleich gewesen?", meinte Frida beinahe gierig. „Vielleicht hat er einen Abszess, ein Geschwür, ein Sarkom oder womöglich ..."

„... eine Geschlechtskrankheit", spuckte Isolde aus.

„So ein Quatsch!", rief Agnes Semmler. „Ich habe lediglich ein Pflaster an seiner Hand bemerkt. Jungs haben immer irgendwelche Kratzer. Trotzdem habe ich Franz Geehrkes angerufen, und der sagte auch, er habe nichts unternehmen müssen. Walter war nie krank!"

„Ich denke, dass die Lösung dieser Frage einer gemeinsamen Aktion bedarf", stellte Trudi fest. „Wenn niemand anderes eine wichtigere Aufgabe für unseren Kreis hat, dann schlage ich vor, dass wir der Sache mit Walter auf den Grund gehen sollten."

„So wie damals, als der Mann der Kublonski, der Herr möge ihrer Seele gnädig sein, dieses Verhältnis ...!", rief Isolde entzückt.

„Bitte sprich es nicht aus", warf Agnes scharf ein.

„Hatte er denn nun was mit diesem Luder?", fragte Frida vorsichtig.

„Was glaubst du denn? Die Kublonski ..."

„... der Herr möge ihrer Seele ...", sagte Isolde.

„... hatte doch gar keinen Stil. Da muss doch jeder Mann Ideen bekommen, vor allem, wenn die es dann auch noch drauf anlegt."

„Sie fressen, was sie kriegen können", erklärte Isolde.

„Vielleicht steckt eine Frau dahinter bei deinem Walter", sagte Trudi.

„Ach was", wischte Agnes die Bemerkung weg. „Mein Walter hat keine Weibsbilder im Kopf."

„Aber er ist ein lohnendes Ziel, Agnes. Er ist jung ..."

„... mit fast Mitte vierzig?"

„... gebildet, gutaussehend, nicht arbeitslos und zuverlässig", gab Frida unbeirrbar zu bedenken.

„Ja, das stimmt, und das wäre er ohne meine Erziehung sicherlich nicht. Aber eine Frau ..."

Sie überlegte, während die anderen sie fixierten.

„Dieser Geruch. Er hat zwar gesagt, er hätte Raumspray benutzt, aber der Teufel soll mich holen, wenn das nicht ein ganz anderes Wasser gewesen ist."

„Parfüm und lange Haare. Das sind alles Zeichen", bemerkte Frida.

„Zumindest müssen wir mit der Möglichkeit umgehen", meinte Isolde vorsichtig.

„Wir sollten mal mit der Leibisch reden. Die weiß doch sonst immer alles", schlug Trudi vor.

„Wenn überhaupt eine Frau im Spiel ist, dann *ist* es die Leibisch!", donnerte Agnes Semmler. „Sie wird nichts, aber auch gar nichts verraten. Wir müssen es anders anstellen."

Die Runde schwieg.

„Vielleicht sollten wir eine Detektei einschalten", sagte Frida schließlich.

„Nein, nein, nein. Das ist viel zu teuer", mahnte Trudi.

„Wir machen es selbst", rief Agnes und stand auf. „Wir werden herausfinden, was mit Walter los ist. Und wenn wir es herausgefunden haben, dann backe ich die größte Schwarzwälderkirsch, die ihr je gegessen habt."

„Und wenn er etwas merkt?", fragte Frida.

„Walter hat noch nie etwas gemerkt", meinte Agnes Semmler.

16.

Marianne Finke ging Semmlers Besuch in der Bibliothek nicht mehr aus dem Kopf. Aus ihr unerklärlichen Gründen war er für sie aufregender gewesen, als
sie sich zunächst eingestanden hatte. Sie musste nur
kurz nachdenken, um sich eines ähnlich aufregenden
Tages zu vergegenwärtigen. Es war der Tag, an dem
sie jene Geburtstagseinladung in der Schule erhalten
hatte.

Es war überhaupt die erste und einzige Einladung bis
dahin gewesen, und sie war sich bis heute nicht klar,
was dann mit ihr geschehen war. Ihre Tischnachbarin
hatte sie eingeladen. Diese Tischnachbarin hieß Susanne, war frühreif und hatte weit interessantere Dinge zu
tun, als sich um Hausarbeiten, Klassenarbeiten oder
gar um eine Versetzung zu kümmern. Dafür war Marianne zuständig, und sie tat es gerne, denn dadurch
fühlte sie sich irgendwie mit einbezogen in die span-
nende Welt außerhalb des Klassenzimmers. Es machte
ihr daher auch nichts aus, wenn sie jenseits der besagten Schulbank auf keinerlei Kenntnisnahme durch Susanne stieß, denn insgeheim glaubte Marianne Finke
ein unsichtbares Band zwischen Susanne und sich zu
spüren. Ja, sie glaubte sogar, seelenverwandt mit jenem
engelsgleichen Geschöpf zu sein, das jeder mochte und
dem jeder nahe sein wollte. Selbst wenn sie in den Pau-

sen in einer Ecke ihre Brote verzehrte und Susanne in der Ferne mit den wildesten Jungen scherzte, schien dieses Band gespannt zu sein.

Susanne hatte sie also eingeladen, vielmehr hatte sie zuerst gefragt, ob sie, Marianne, eventuell einen Jungen küssen würde!

Marianne Finke war damals so geschockt gewesen, dass sie sofort über und über rot geworden war. Sie merkte so etwas daran, dass es plötzlich zwischen Hals und Blusenkragen ungewöhnlich warm wurde. Da sie dieses Gefühl überhaupt nicht mochte, wurde es zu allem Übel immer stärker, bis sie so rot wie ein Radieschen war. Was sollte sie auf eine so direkte Frage antworten? Natürlich würde sie keinen Jungen küssen! Aber sie merkte trotz ihrer Verwirrung, dass sie sich möglicherweise eine Gunst verscherzte, und dass sie dann in Zukunft sich selbst nicht mehr in die Augen würde blicken können.

Also stotterte sie ein leises *Ja* mit beschämt gesenkten Augenlidern. Susanne schien diese Antwort zu genügen, denn sofort sprach sie jene Einladung aus, der Marianne sofort zusagte. Und damit geschah ein Wunder.

Mit dem Moment der Zusage war Marianne Finkes Pausenbrotecke verschwunden. Sie war nicht zugemauert worden oder mit einem großen Kran an einen anderen Platz gesetzt worden, nein, sie war vollkommen weg. Susanne, ein paar andere sehr beliebte Mädchen und selbstverständlich die wilden Jungen hatten sie besetzt und in einen Ort des Lebens verwandelt. Und Marianne Finke stand mittendrin und konnte sich kaum erklären, wie schnell sie in diesen geheimen

Kreis der Auserwählten gelangt war. Jeder wollte mit ihr reden, jeder beglückwünschte sie zu einer Tat, die noch gar nicht vollbracht war. Deshalb fühlte sie sich dieser Anerkennung zunächst überhaupt nicht würdig, aber sie ließ sich nichts anmerken und spielte so gut sie konnte mit. Schließlich wollte sie das eben erst erblühte neue Vertrauen, das ihr ihre Mitschüler und Mitschülerinnen entgegenbrachten, nicht wieder zerstören. Es war einfach berauschend. Alles war schön, bunt und gut, und sie wechselte noch nicht einmal ihre Kleidung in der Angst, dann alles wieder zu zerstören. Selbst zur Feier eine Woche später würde sie dieselben Sachen tragen wie an dem Tag, als sie *Ja* gesagt hatte.

Das Haus von Susannes Eltern lag in einer Neubausiedlung. Susanne hatte erzählt, dass ihre Eltern nicht da sein würden. Verbunden mit der Tatsache, dass auch Jungen anwesend sein würden, und dass sie küssen würde, brachte das Mariannes Kopf zum Überschäumen. Als sie die Hausklingel drückte, krampfte sich ihr Magen zusammen, ihre Hände klebten vor Aufregung, und ihr Atem schien in ihrem Hals zu gefrieren. Sie fühlte sich einer Ohnmacht nahe, als Susanne die Tür öffnete. Drinnen herrschte schummeriges Licht, und nur Susannes Lächeln strahlte Marianne entgegen. Sie konnte sich beinahe nicht mehr daran erinnern, was dann geschah.

Schemenhaft erinnerte sie sich an die ausgelegten Kissen, die sanfte Musik und dann die Flasche in der Mitte der Runde aus den ihr inzwischen bekannten Jungen und Mädchen. Die Flasche wurde von irgendwem gedreht, nachdem sie sich in den Kreis gehockt hatte. Sie schienen nur auf sie gewartet zu haben. Die Flasche drehte sich erst sehr schnell, wurde dann langsamer, und Marianne sah wie in Zeitlupe, wie sich der Flaschenhals in ihre Richtung drehte. Nein, jetzt noch nicht, dachte sie unwillkürlich und etwas sträubte sich in ihr. Aber unerbittlich drehte sich der gläserne Zeiger weiter auf sie zu. Ihr wurde schwindelig, und wie durch einen schwarz blauen Vorhang erkannte sie, dass die Flasche direkt auf sie zielte. Da gab es keinen Zweifel. Ihr stockte für einen Moment der Atem, und sie wünschte sich, in der Erde zu versinken. Jetzt passierte es gleich. Hätte sie doch niemals zugesagt. Sie wünschte sich ihre stille Pausenbrotecke herbei, wünschte, das möge alles ein Traum sein, aus dem sie gleich aufwachte, aber anstelle dessen kamen die Lippen eines der Jungen auf sie zu. Er wurde von den anderen angefeuert, in ihre Richtung geschoben, denn er schien selbst nicht sehr versessen darauf zu sein, die Sache mit Marianne zu tun. Instinktiv sperrte sie sich daher dagegen, die Sache jetzt zu machen. Aber damit würde sie Susanne enttäuschen. Doch während ihr diese Gedanken durch den vernebelten Kopf schossen, wurde ihr Kopf von einem anderen Jungen gegen das Gesicht des Ausgewählten gepresst. Nie würde sie den leichten Geruch von Bier und Schweiß vergessen, der ihr entgegen schlug, und auch nicht das seltsame Gefühl auf ihren Lippen, das irgendwo zwischen Gummi und einer schwingenden Stimmgabel lag. Sie erschrak so sehr, dass sie sich losriss und aufsprang. Mit einem Griff raffte sie ihr Zeug zusammen und stürzte unter dem Gelächter der anderen aus dem Haus.

Das war damals geschehen. Aber sie musste sich eingestehen, dass das zwar sehr aufregend, aber dennoch mit einem schlechten Gefühl verbunden gewesen war. Heute war sie nicht mehr so ein Backfisch. Und wer war schon Semmler? Gleich war Mittagspause.

17.

Semmler war auf dem Weg nach Hause an einer Ampel gezwungen, ein Gespräch zwischen zwei Bengeln aufzuschnappen. Einer der beiden nahm sich offenbar vor, am Abend auf einer Party bei einem Jogy eine gewisse Betty richtig durchzuficken, was der andere wohl schon hinter sich hatte. Beide waren sich einig, dass Betty eine richtige Sau sei. Semmler spürte, wie die Angst vom Morgen wieder von ihm Besitz ergriff. Hatte er denn nicht auch gefickt? Allein dieses Wort machte ihn nervös. Es hatte etwas Abstoßendes, Mechanisches, Karnickelhaftes. Er fühlte sich mit einem Male außerstande dazu, nach Hause zu gehen, und darum schlug er den Weg in die Fußgängerzone ein.

Ziemlich belebt die Stadt, dachte er. Für gewöhnlich mied er solche Orte. Hektik machte ihn nervös, Menschen machten ihn nervös. Wenn er hier die Brille abnahm, dann war er tot!

Aber plötzlich stand er mitten im Strom abgekämpfter Hausfrauen und Rentner. In kurzer Folge musste er mehreren Kinderwagen ausweichen und sich Schimpfworte gefallen lassen. Im Zurückweichen trat er einen Hund, der dort herumgeschnüffelt hatte und der jetzt jaulend, mit eingekniffenem Schwanz fortsprang und ihn aus sicherer Entfernung böse anstarrte.

Semmler setzte sich verunsichert neben eine dicke Frau auf eine Bank.

Kaum Platz genommen, schien die Menge nicht mehr ganz so homogen und gefährlich zu sein. Jetzt strukturierte und ordnete sich das Ganze, und er beruhigte sich. Ein Bankangestellter auf einer Bank, dachte er schließlich belustigt und lächelte.

Eine Gruppe belagerte einen Schnellimbiss, eine andere machte Musik und wieder eine andere hatte sich mitten in der Fußgängerzone auf den Boden gesetzt und trank Bier. Jene letzte Gruppe empfand Semmler als abstoßend.

„Ham Se vielleicht ma nen bisschen Kleingeld übrig?"

Semmler schreckte aus seiner Betrachtung über wohlhabende Menschen, die den Staat mit ihrer Hände Arbeit trugen, blickte neben sich, und sein Blick gefror angesichts einer Kreatur, die mit Dingen bekleidet war, die Semmler für gewöhnlich in die Kategorie *Ersatzteile* einordnete. Semmler war zu perplex, um eine Antwort geben zu können. Mit großen Augen starrte er sein Gegenüber an, das nicht einmal ein eindeutiges Geschlecht zu haben schien.

„Was is nu?", fragte die Gestalt und wankte leicht vor und zurück, wobei sie Semmler mit schwarzgeränderten Augen fixierte.

„Ich weiß nicht so recht", antwortete Semmler.

„Dann gebn Se schon her!"

Semmler wurschtelte wie in Trance in seiner Manteltasche und beförderte ein 2-Euro-Stück ans Sonnenlicht.

„Danke, Alter", rief die zerlumpte Gestalt und ging schief weg. „Bist in Ordnung!"

„Gesindel ist das", sagte die dicke Frau neben ihm. „Herumlungern den lieben langen Tag und anständigen Bürgern das Geld aus der Tasche ziehen."

„Aber ich habe es doch freiwillig gegeben", antwortete Semmler erstaunt.

„Was bleibt einem denn auch anderes übrig, wenn man nicht verprügelt werden will. Oder sogar vergewaltigt", gab die Frau mit bedeutungsvoll hochgezogenen Augenbrauen zu bedenken.

„Ich muss weiter", sagte Semmler und erhob sich. Er hatte Hunger. Hätte er sich heute Morgen nicht so heimlich aus der Wohnung gestohlen, dann könnte er jetzt eines der Mittagessenpäckchen verspeist, die seine Mutter für ihn eingefroren hatte. Aber hier war er der Wildnis ausgeliefert. Wo konnte er wohl etwas zum Essen finden?

Jenseits des Menschenstromes sah er eine Bude, und so nahm er sich ein Herz, sprang in den Strom hinein, und ließ sich vor eine Glasvitrine treiben, in der sich ihm unbekannte Nahrungsmittel präsentierten. Hilflos blickte er hinein.

Der Geruch in diesem Imbiss hatte aber auch rein gar nichts mit Weißkohl-Sauerbraten-Knödel zu tun. Nein, hier roch es so, wie Semmler sich die weite Ferne vorstellte. Nach hölzernen Segelschiffen mit zerrissener Takelage, gebeutelt von schwerem Wetter und bis unter die Deckluken mit großen Ballen unaussprechlicher Gewürze beladen, einer Mannschaft mit eingefallenen Wangen und Zahnlücken, die der Skorbut geschaffen hatte.

„Sie wünschen?"

Ein Mann in einem weißen T-Shirt stand vor ihm und lächelte ihn an. Semmler blickte auf die hinter dem Mann angebrachte Tafel, fand aber nichts, was er kannte oder gar aussprechen konnte. Semmler fühlte die Blicke der Leute auf sich gerichtet und derart unter Zugzwang gesetzt, zeigte er auf das oberste Wort.

Der Mann begann sofort eilfertig mit dem Herrichten der Bestellung. Nach wenigen Minuten hielt Semmler eine warme Teigtasche mit darin eingerolltem Salat und Hackfleisch in der Hand. Er bezahlte und biss hinein. Die würzig scharfe Wärme des Gerichtes tat ihm wohl und er verließ den Imbiss. Kaum hatte er den Fuß wieder auf das Pflaster gesetzt, als er sich von zwei Fäusten gepackt und an die Hauswand gepresst fühlte.

„Semmler, du Sau!"

Semmler fiel die Teigtasche aus der Hand, ein Teil des Inhaltes schmierte über sein Hemd und die Hose, aber der größere Rest klatschte auf die Straße und wurde sofort von dem Hund fortgeschleppt, den Semmler kurz zuvor getreten hatte.

„Du hast mir meinen Job weggenommen!", brüllte ihm ein Gesicht nahe vor dem seinen entgegen, und Semmler erkannte, dass es Grahlke war. Er hatte getrunken. Verklebte Haare hingen ihm wirr ins Gesicht, er war unrasiert, und sein Geruch war abstoßend.

„Aber ich habe doch nur ...", stammelte Semmler von der offenen Aggression Grahlkes überrumpelt.

„Wenn wir hier nicht unter Menschen wären, würde ich dir jetzt eins in die Fresse hauen!", brüllte Grahlke enthemmt und zerrte an Semmlers Kleidung.

„Herr Grahlke, so lassen Sie mich doch erklären!", rief Semmler so bestimmt, dass Grahlke plötzlich von ihm abließ.

„Was ist denn in Sie gefahren?", fragte Semmler, während er sich die Reste seiner hypothetischen Mahlzeit von der Kleidung strich.

„Du bist der Grund für mein Unglück!", schrie Grahlke und nahm einen tiefen Schluck aus einer Bierflasche, die er aus seiner verschmutzten Jacke gezogen hatte.

„Wieso ich? Ich habe doch nur das getan, was auch Sie getan haben."

„Da waren ganz miese Sachen im Spiel. Der Jagdunfall ist nur eine davon", keuchte Grahlke. „Aber du warst ja schon immer der Liebling vom Chef. Semmlerchen hier, Semmlerchen dort!"

„Überlegen Sie, was Sie da sagen", fuhr Semmler ihn jetzt an. „Das war genauso unerwartet für mich wie für Sie, Herr Grahlke. Glauben Sie mir."

„Meine Frau ist unerwartet abgehauen. Das ist unerwartet! Und außerdem haben sie mir gekündigt wegen dir!", brüllte Grahlke und kam Semmler wieder sehr nahe.

„Aber das ist doch nicht meine Schuld."

„Was weißt du denn schon, Semmler, hä? Du Mamasöhnchen, du!"

Stocksteif stand Semmler da und war zu keiner Äußerung fähig. Schließlich nahm er seine ganze Kraft zusammen und wendete sich ab. Noch lange konnte er hören, wie Grahlke ihm Schmähungen nachschickte.

18.

Eigentlich war Filialleiter Reuter kein ungeduldiger Mann, aber der Verlauf des Eignungstestes gab ihm zu denken. Wenn es stimmte, was er sich im Netz zusammengelesen hatte, dann hätte Walter Semmler während dieses Tests weit mehr beeinträchtigt gewesen sein müssen, als es den Anschein gehabt hatte.

Er war zwar erstmalig zu spät auf der Arbeit erschienen, und Reuter war auch eine gewisse Unruhe an seinem Mitarbeiter aufgefallen, aber trotzdem hatte er Grahlke aus dem Rennen geworfen, als wäre das nichts.

Reuter hatte beschlossen, sich Gewissheit zu verschaffen. Dazu hatte er sich gedeckte Kleidung und festes Schuhwerk angezogen. Dann hatte er sich auf den Weg zu einem kleinen Waldstück gemacht. Ein Blick auf die Karte verriet ihm, dass er sich seinem Ziel näherte. Vom Weg aus konnte er weiter hinten zwischen den Bäumen die Häuser am Rande der Siedlung erkennen. Lange würde es nicht mehr dauern, bis davon nur noch erleuchtete Fenster zu sehen waren, denn die Dämmerung nahte.

Ein Hundebesitzer nickte Reuter zu. Natürlich wurde er erkannt, aber im Wald gab es keinen Grund, auch nur ein Wort zu wechseln. Hier konnte jeder für sich bleiben. Als der Hundebesitzer außer Sicht war, schlug sich Reuter zwischen die Bäume auf die Siedlung zu. Viel später hätte er nicht aufbrechen dürfen. Schon jetzt musste er sehr achtsam vordringen, um nicht über Knüppelholz zu stolpern oder sich die Hosenbeine an Brombeersträuchern aufzureißen. Reuter hätte lieber weniger Geräusche verursacht, aber er war kein Pfadfinder, und dünne Äste lagen unsichtbar unter trockenem Laub. Schließlich erreichte er den Waldrand. Jetzt musste er allerdings vorsichtiger sein. Aus der Jacke zog er eine dunkelgraue Mütze. Sollte jetzt jemand aus den waldzugewandten Fenstern blicken, er würde Reuter nicht erkennen können.

Man hatte einen Maschendrahtzaun am Waldrand entlang gezogen, denn die Anwohner wollten keine größeren Tiere in ihren Gärten haben. Reuter nutzte den schmalen Pfad daran entlang, um voran zu kommen. Semmlers Haus lag noch in einiger Entfernung. Als Reuter dort anlangte, musste er feststellen, dass sein Mitarbeiter offenbar noch nicht heimgekommen war. Das Haus lag ruhig am Ende einer kleinen Rasenfläche, und es brannten noch keine Lichter wie jetzt in den übrigen Häusern. Das Grundstück stieg zum Haus hin leicht an. Um einen Blick in das Verandafenster werfen zu können reichte Reuters Position zwar aus, aber ein Sofa schränkte die Sicht auf den Raum stark ein. Er musste einen höheren Standpunkt einnehmen. Aber hier standen genug Bäume, von denen sich Reuter einen passenden aussuchte. Er war zwar nicht mehr der Jüngste, aber trainiert genug, um sich in eine niedrige Astgabel zu ziehen. Er saß sogar so bequem, dass er überzeugt war, eine Weile hier ausharren zu können.

19.

Die Flucht vor Grahlke durch die Stadt hatte Semmler an einen kleinen Teich geführt. Auf einer Bank sitzend überwältigten ihn trübe Gedanken. Sein Besuch beim Standesamt hatte kein Ergebnis gebracht. Außerdem sah Semmler keinerlei Möglichkeit, zur Geschäftszeit dorthin zu gehen, um doch noch etwas in Erfahrung zu bringen. Oder sollte er dort anrufen? Von der Arbeit? Was würde Filialleiter Reuter dazu sagen? Semmler würde noch einmal lügen müssen. Das bedeutete noch mehr Unordnung. Aber er musste wieder Ordnung schaffen in seinem Leben. Die Tante musste verschwinden! Gut, er hatte ihr ein Versprechen gegeben, aber noch immer war überhaupt nicht sicher, dass sie seine Tante war. Sie hatte das nicht bewiesen. Wenn sie nämlich nicht seine Tante war, dann hauste in seiner Wohnung eine wildfremde Frau, die noch dazu auf der Flucht war!

Semmler nahm einen Schluck Tee aus der Thermosflasche. Eigentlich müsste er die Polizei verständigen, aber wenn sie doch seine Tante war, dann könnte das alles ziemlich peinlich werden. Und zwar alles! Er musste Gewissheit haben. Vielleicht konnte ihm diese Frau aus der Bibliothek noch einmal helfen. Marianne Finke hatte auf ihrem Namensschild gestanden. Er könnte sie morgen in der Mittagspause erneut aufsuchen.

Es dunkelte, und Semmler wurde bewusst, dass er schon recht lange hier hockte. Er verfolgte, wie die letzten Teichbesucher verschwanden. Eine Mutter mit Kinderwagen, ein paar Trunkenbolde, ein junger Mann, vielleicht ein Student, ein Hundebesitzer. Semmler legte den Kopf in den Nacken. Die Sterne. Obwohl es noch einigermaßen hell war, sah er einige schimmern. Wenn er sich konzentrierte, dann wurden es sogar noch mehr, und da es immer dunkler wurde, war der Himmel bald übersät mit ihnen. So viele hatte er noch nie gesehen, oder besser, er hatte bisher noch nie darauf geachtet. Er versuchte die Vielzahl an Lichter in sich aufzunehmen. Erst sah er nur die größten und hellsten. Den großen Wagen, den Polarstern, den er nach der bewährten Methode der Achsverlängerung ermittelte. Doch über mehr wusste er nicht Bescheid.

Wunderschön, dachte er bei sich. Irgendwie hatte ihn das sowohl beruhigt als auch gestärkt, und so beschloss er, doch nach Hause zu gehen. Einmal musste er es tun. Schließlich konnte er nicht die ganze Nacht hier sitzen bleiben, und er musste aus den dreckigen Kleidern heraus. Außerdem war das seine Wohnung.

Als er sie erreichte, waren die Rollläden noch oben. Einen Moment erwog er die Möglichkeit, dass Tante Goutiette vielleicht verschwunden war, dass er sich in aller Ruhe sein Abendbrot herrichten und vielleicht noch einen Film sehen könnte. Er würde sich die Zähne putzen, in sein Bett gehen, und morgen wäre alles wie immer. Aber dann bemerkte er ein sperrangelweit geöffnetes Fenster. Sie musste da sein! Oder hatte sie das Fenster vor ihrem Weggehen geöffnet? Vielleicht, um den Zigarettenqualm zu entfernen?

Mit einer fahrigen Bewegung nestelte er nach dem Schlüssel, steckte ihn ins Schloss und betrat mit einem unheilvollen Gefühl im Magen seine Wohnung. Noch im Dunkeln hastete er zum geöffneten Fenster, stieß mit dem Bein an die Tischkante, etwas fiel um. Das hieß, dass der Tisch nicht exakt an seinem Platz stand. Er würde das gleich untersuchen. Jetzt war erst einmal das Fenster an der Reihe. Er schloss es so schnell, dass es knallte. Um das wieder gut zu machen, ließ er so leise wie nur irgend möglich die Rollläden zur Straße herunter. Kaum war das geschehen, flammte das Licht an der Zimmerdecke auf.

„Guten Abend, Walter!"

Semmler fuhr herum.

„Tante Goutiette", stotterte er und wurde rot.

„Du kommst spät", lächelte Tante Goutiette.

„Äh … nun ja …"

„Und du bist schon früh aufgestanden."

Semmler nickte.

„Erstaunlich nach dem, was gestern war", fügte Tante Goutiette an.

Semmler fühlte seine hektischen Flecken wachsen.

„Mach dir deswegen keine Sorgen", winkte Tante Goutiette ab.

Sie setzte sich auf das Sofa, und Semmler starrte auf den Couchtisch, der mit Sektgläsern voll gestellt war. Eines war schon abgestürzt. Plötzlich klingelte es an der Tür. Semmler zuckte zusammen.

„Wer kann das sein?", fragte er.

Tante Goutiette erhob sich.

„Das werden die ersten Gäste sein. Alles, was du brauchst, ist in der Küche."

Grelle Blitze zuckten durch einen blauschwarzen Himmel. Mächtige Wolken türmten sich bedrohlich auf, der Sturm peitschte, und dunkle Wasser hetzten die Berge hinab. Plötzlich bebte der Untergrund, und ein feuerspeiender Berg schoss einen riesigen Felsbrocken mit unvorstellbarer Kraft hoch in den jetzt glutroten Himmel. Nachdem er seinen höchsten Punkt irgendwo in den Wolkenhaufen erreicht hatte, jagte der Brocken mit zunehmender Geschwindigkeit der Erde zu. Nichts konnte ihn aufhalten. Beindicke Äste brachen, als er die Baumkronen durchschlug, und ganz unten, dort, wo der Felsbrocken auf dem Boden auftreffen musste, da stand Walter Semmler. Mit bleichem Gesicht, eiskalten Händen und einer staubtrockenen Zunge starrte er Tante Goutiette an.

„Was?", hauchte er.

„Das sind die ersten Partygäste."

„Aber ich habe doch niemanden ..."

„Ich schon."

„Aber wen in Drei-Teufels-Namen!", schrie Semmler.

Es wurde an die Eingangstür gebollert, und zudem hörte Semmler viele Stimmen seinen Namen rufen. Was sollte er tun? Einfach die Tür nicht zu öffnen war ausgeschlossen, denn sicherlich war sein Schrei nicht überhört worden.

Kaum hatte er die Klinke hinuntergedrückt, als mindestens zwanzig Gestalten seine Wohnung stürmten. Semmler taumelte zurück und wäre sicherlich gefallen, wenn ihn nicht ein paar Frauen aufgefangen hätten. Sie drückten ihm zur Begrüßung Küsse auf die Wangen. Kaum stand er wieder fest auf den Beinen, schlugen ihm ein paar Herren kameradschaftlich auf die Schulter und fragten, wo es etwas zu trinken gäbe, Sportsfreund! Walter Semmler machte eine matte Bewegung in Richtung Küche, und sofort zog ein Großteil von ihnen dorthin.

Semmler hingegen hatte sich tief in sich selbst vergraben. Er war gar kein Typ für derartige Anlässe. Zum anderen kannte er keinen der Gäste, oder vielmehr kannte er sie nicht beim Namen.

Die Putzfrau vom Standesamt, die Frau mit dem Kinderwagen vom Teich, sogar einen der beiden Jungs von der Bushaltestelle hatte er heute jedoch gesehen. Aber was hatten sie hier zu suchen? Und letztendlich schien Tante Goutiette als die Urheberin des Ganzen nicht mehr da zu sein. Walter Semmler lief durch die Zimmer, aber Tante Goutiette war verschwunden. Schließlich spähte er vorsichtig in die Küche.

Irgendwer hatte das kleine Radio auf dem Fenstersims angeschaltet, und so quäkte eine Musiksendung, während sich seine dubiosen Gäste über ein Buffet auf dem Küchentisch sowie ein Fass Bier auf dem Kühlschrank hermachten.

„He, Semmler, alter Junge! Wie geht´s denn?"

Semmler fuhr herum. Hinter ihm stand ein Mann im Smoking, grinsend, mit graumelierten Haaren und einem Sektglas in der Hand. Für Semmler hatte er eine gewisse Ähnlichkeit mit einem der Herren in Schlichtblau des Untersuchungsgremiums.

„Ich ... nun ja ... ich", stammelte Semmler.

„Haben Sie aber prima hingekriegt, das mit dem Test", lobte der Mann und nickte Beifall heischend in die Runde.

„Woher wissen Sie ...?"

„Na hören Sie, wer weiß das nicht?", rief der Mann, legte Semmler einen Arm um die Schulter und schob ihn schallend lachend in die Küche hinein. Die anderen Gäste lachten ebenfalls übermütig. Aus dem Augenwinkel verfolgte Semmler beunruhigt, wie sich eine Gruppe langhaariger Strolche am Bierfass zu schaffen machte. Der Kühlschrank wackelte bedenklich und plötzlich ging er auf. Das Gurkenglas kippte heraus und zerplatzte auf dem Küchenboden. Semmler wurde es schwarz vor Augen.

„Hier, Semmlerchen, trink!"

Eine leicht bekleidete Dame mit draller Figur zwang ihm den Inhalt eines Schnapsglases in den Schlund. Er bekam einen Hustenreiz. Hände klopften ihm auf den Rücken, und ehe er sich versah, war er auf dem Schoß einer anderen Dame gelandet, die ihm ein weiteres Glas hineinzwang.

Der ganze Haufen zog jetzt aus seiner Küche ins Wohnzimmer. Kübelpflanzen, Vasen und Möbel schienen kein Hindernis ihres Vormarsches zu sein, und im leicht benebelten Geiste rechnete Semmler den Schaden auf. Wenn das so weiterging, würde er den kommenden Tag obdachlos erleben. Er musste ein Machtwort sprechen, aber in dem allgemeinen Tumult war ihm das nicht möglich.

Ein paar der Gäste hatten seine Stereoanlage entdeckt und legten mitgebrachte Musik auf. Eine Tortur für

Semmlers Ohren. Dazwischen schallten Hochrufe auf ihn. Semmler gelang es, sich aus der Umarmung der Dame zu befreien und erreichte seine Toilette mit Luftschlangen und Girlanden behängt wie ein Pfingstochse. Nachdem er die Tür hinter sich geschlossen und den Schlüssel umgedreht hatte, atmete er tief durch. Der Rest seiner Wohnung kochte. Sie hatten zu tanzen begonnen! Aber da schienen nicht Menschen mit harmonischen Bewegungen durch den Raum zu schweben, sondern das hörte sich eher nach einer Abbruchfirma an. Sein Deoroller zitterte bis zur Kante der Spiegelablage und zerschellte dann im Waschbecken. Der Geruch der konzentrierten Lösung stieg ihm in die Nase und klärte seine Gedanken. Noch zweimal holte Semmler tief Luft, drehte dann den Schlüssel, riss die Toilettentür auf und stürmte entschlossen dorthin, wo die meisten seiner Besucher standen.

„Was wollt ihr hier!", brüllte er.

Die Musik verstummte ebenso schlagartig wie die Gespräche und das Gelächter. Die Gäste blickten sich an. Die Kleidung war ihnen aus der Form geraten, und seine Wohnung sah wie ein Schlachtfeld aus. Der Teppich war nur schwer zwischen Essensresten auszumachen. Dann begann der Mann, der Semmler als Erster angeredet hatte, schallend zu lachen. Der Rest der Gesellschaft fiel darin ein. Das war für Semmler zu viel. Hilflos stand er mitten unter ihnen, bis er mit seiner verbliebenen Kraft zum Telefon stürzte, den Apparat an sich riss und sich dank des langen Telefonkabels damit im Schlafzimmer verschanzen konnte.

Er könnte seine Mutter anrufen. Nein, die Polizei war bestimmt der bessere Ansprechpartner. Der langgezogene Ton im Hörer beruhigte ihn etwas. Irgendwie schienen auch seine illustren Gäste stiller geworden zu sein. Mit einem Male empfand er es als übertrieben, die Polizei zu verständigen. Er legte den Hörer wieder auf. Eine seltsame Ruhe überkam ihn. Vorsichtig steckte er den Kopf aus der Tür, aber da war nicht mehr der kleinste Laut zu hören. Auf Zehenspitzen schlich Semmler vom Schlafzimmer bis zum Wohnzimmer, und immer noch hörte er nicht das geringste Geräusch.

Als er schließlich vor dem Fernseher stand, musste er sich eingestehen, dass niemand mehr in der Wohnung und alles so wie immer war. Sogar sein Abendbrot stand auf dem Couchtisch. Der Zauber war vorbei und Walter Semmler sank todmüde auf das Sofa.

Die Ebene, die Walter Semmler leichten Fußes durchschritt, war blau und zudem glatt und federnd wie ein Turnhallenboden. Rote Streifen durchzogen sie, und unzählige Lichtquellen waren bündig in sie eingelassen. Am Horizont gegen den gelben Himmel erhoben sich sanfte Hügel.

„Wir müssen jetzt etwas mehr nach oben", hörte er eine Stimme hinter sich sagen, und als sich Semmler umdrehte, sah er seinen Begleiter. Dieser trug einen Trainingsanzug, war etwa so groß wie Semmler und hatte Ähnlichkeit mit dem Herrn des Gremiums.

„In Ordnung", sagte Semmler gelassen.

Sein Begleiter fasste ihn an der Schulter, und in diesem Moment schwebten beide in der Luft über der blauen Ebene.

„Ist es noch weit?", fragte Semmler.

„In der Tat", gab sein Begleiter zu verstehen.

„Wann sind wir denn da?", fragte Semmler.

„Wir sind auf dem besten Wege!", rief sein Begleiter, denn er entfernte sich mit großer Geschwindigkeit von Semmler.

„So warte doch!", schrie Semmler, aber sein Schreien ging in einem jetzt deutlich zu hörenden Lärm unter. Semmler erwachte! Er fand sich auf seinem Sofa liegend wieder. Durch die herabgelassenen Rollläden konnte er erahnen, dass es draußen noch dunkel war. Vorsichtig blickte er sich um. Auf dem Fußboden lag eine Decke gerade so, als hätte er sie im Schlaf weggestrampelt. Als er an sich selbst herabsah, bemerkte er, dass sein Hemd aus der Hose gerutscht war und dass sich der Schlips soweit um seinen Hals gedreht hatte, dass ihm der Knoten jetzt im Genick saß. Außerdem hatte er einen schalen Geschmack im Mund. Jemand bollerte an die Tür.

„Ja doch, ich komme", grunzte er mit trockener Kehle.

Schwerfällig richtete er sich auf und schlurfte dann zur Wohnungstür. Helles Licht blendete ihn, als er die Tür einen Spalt weit aufzog.

„Ja sind Sie denn von allen guten Geistern verlassen, Herr Semmler?", brüllte es ihm entgegen.

Semmler zuckte zurück. Vor ihm stand Herr Strunz, der Vermieter, und blendete ihn mit einer Taschenlampe.

„Sie sind schon aus dem Urlaub zurück? Was ist denn passiert?", fragte Semmler.

Herr Strunz hatte einen runden Kopf, eine Säufernase und keinen Hals.

„Was denn passiert ist? Ich komme aus dem Urlaub zurück, und Sie machen hier Remmidemmi."

Semmler kratzte sich am Kopf.

„Nun, Sie müssen wissen, dass ... wieso Remmidemmi?"

Herr Strunz blickte ihn spöttisch an.

„Soll ich vielleicht ein paar Zeugen holen?", zischte Herr Strunz direkt vor Semmlers Gesicht.

Semmler prallte zurück, denn der Atem von Herrn Strunz roch brandgefährlich.

„Wer nach zehn Uhr noch herum krakeelt und die Nachbarschaft um den Schlaf bringt, macht Radau, und das ist verboten!", schnauzte Herr Strunz. „Das steht ganz klar in Ihrem Mietvertrag, Herr Semmler!"

Semmler fiel nichts Rechtes ein. Dass seine Tante Goutiette diese Party gegen sein Wissen inszeniert hatte, durfte er auf gar keinen Fall vorbringen, denn ein Untermieter würde möglicherweise zu einer Kündigung führen. Davon durfte Herr Strunz, der Semmler mit geröteten Augen anstarrte, nichts wissen.

„Ich habe gerade ein freudiges Ereignis gefeiert", sagte er schließlich.

„Das muss ja schon sehr freudig gewesen sein, mitten in der Woche", bellte Herr Strunz.

„Ja, sehr freudig. Ich habe ..."

Das Gesicht von Herrn Strunz kam näher.

„... das Ereignis ..."

Das Gesicht von Herrn Strunz reckte sich so nah heran, dass Semmler es auch ohne Brille hätte klar erkennen können.

„... meiner unerwarteten ...“

Semmler überlegte krampfhaft, was unerwartet sein könnte und dennoch freudig.

„... meiner unerwarteten Vaterschaft gefeiert.“

Welcher Teufel reitet mich denn jetzt, verfluchte sich Semmler.

Herr Strunz hielt in seiner Bewegung inne. Sein drohendes Gesicht entspannte sich langsam, und unter seinem Seehundbart breitete sich ein beinahe sympathisches Lächeln aus.

„Na, das ist ja ein starkes Stück. Herzlichen Glückwunsch, Herr Semmler. Und das bei Ihnen. Oh, nichts für ungut. Darauf müssen wir einen trinken.“

Herr Strunz hatte seinen eigenen Schnaps dabei. Semmler nickte so freundlich, wie er konnte, registrierte, dass Herr Strunz Egon hieß, und schlug dann das angebotene Gläschen ab.

„Na, kommen Sie, Semmler. Weg damit!“

Semmler kippte die scharfe Flüssigkeit hinunter. Zum Abschied schlug Egon ihm auf die Schulter und fegte die Ruhestörung mit der Bemerkung fort, dass das ja sicher so schnell nicht wieder vorkommen werde und er daher von einer Abmahnung absehen könne.

Nachdem Semmler die Tür geschlossen hatte, sprintete er ins Schlafzimmer.

Da lag sie, als sei nichts geschehen. Mit zwei langen Schritten stand Semmler vor dem Bett.

„Was war denn das vorhin?“, rief er gepresst.

Tante Goutiette röchelte leise, dann öffnete sich erst das eine, dann das andere Auge. Als sie Semmler erkannte, huschte ein Lächeln über ihr Gesicht.

„Walter ..."

„Ja, ich bin es, und ich bin sauer!"

„Oh", murmelte Tante Goutiette. „Was macht dich denn so wütend?"

„Das will ich dir sagen. Um ein Haar bin ich einer Kündigung entgangen, und nur deshalb, weil ich Vater geworden bin."

Mit einem Ruck saß Tante Goutiette senkrecht im Bett.

„Was? Wer ist denn die Glückliche? Da gratuliere ich dir aber", sagte sie.

„Nein, nicht so. Das habe ich nur gesagt, um diese verflixte Party zu rechtfertigen, die du, du allein mir eingebrockt hast, und auf der ich nicht einmal einen Zipfel deines Kimonos gesehen habe."

„Ah, mein Kimono. Gefällt er dir?"

„Was hast du dir dabei gedacht?", fragte Semmler, immer noch unter Dampf stehend.

„Ich dachte, dass du eine verdient hättest."

„Wenn ich eine Party machen wollte, dann lade ich ein, wen ich will. Von diesen Gästen kannte ich überhaupt niemanden. Auch Mutter war nicht da!"

„Aber das ist doch langweilig. Immer dieselben Gesichter."

„Das solltest du schon mir überlassen. Und wo warst du eigentlich?"

„Ich habe mir die Beine vertreten."

„Die ganze Nacht? Wir hatten doch abgemacht, dass du das Haus nicht verlassen sollst!"

„Aber nachts, dachte ich, sieht man mich doch nicht. Und was meine Beine angeht ..."

Sie hob die Bettdecke hoch.

„Komm, lass das. Das kann so nicht weitergehen. Mit einer Verwandten!"

„Ich verstehe nicht, was du damit sagen willst?"

„Na, das hier. Dieses Beine zeigen, Küsschen geben und wenn ich nicht letztens etwas getrunken hätte, dann wäre ich bestimmt nicht mit dir ..."

„Was?"

„Dududu weißt sehr wohl, was ich meine ...", stotterte Semmler. „Immerhin lagen wir beide in diesem Bett."

„Aber Walter. Das ist nicht so, wie du denkst."

„Ich weiß ganz genau, was ich davon zu halten habe. Das ist Verführung Minder ... von mir!", brüllte Semmler.

Tante Goutiette starrte ihn an. Dann begann sie schallend zu lachen.

Das war für Semmler zu viel. Er hatte es nicht nötig, sich auslachen zu lassen. Schon gar nicht von dieser Frau. Tief verletzt lief er ins Wohnzimmer, hob die Decke vom Boden auf und auch etwas Flaches, was darunter verborgen gewesen war. Eine Plastikkarte in einer roten Hülle.

„Was ist das?", fragte Tante Goutiette. Kichernd stand sie im Türrahmen.

„Was geht dich das an", antwortete Semmler zornig und knallte die Karte auf den Tisch. „Ich werde dafür sorgen, dass du von hier verschwindest."

Dann legte er sich auf das Sofa, wickelte sich in die Decke ein und fiel in einen traumlosen Schlaf.

20.

Reuter hatte genug gesehen. Das war ja noch besser, als er es sich je gewünscht hatte. Der ist ja völlig irre, dachte er in seiner Astgabel sitzend. Semmler war in seiner Wohnung hin und her gerannt, hatte mit den Armen gerudert, hatte herumgebrüllt, hatte die Musik voll aufgedreht, war dann in ein für Reuter uneinsehbares Zimmer verschwunden und dann zurückgekehrt. Dann hatte es offenbar an der Tür geläutet, und Semmler musste sich mit einem Mann auseinandersetzen, dem der Lärm wohl zu viel gewesen war. Reuter konnte nur ahnen, mit welchen Monstern Semmler zu kämpfen hatte. Atropin, das Gift der Tollkirsche, sollte schon in kleinen Dosen starke Halluzinationen hervorrufen. Die Menge, die Reuter in den Honig gerührt hatte, würde Semmler zwar nicht töten, aber sie bewirkte genau das, was er eben mitverfolgt hatte. Und Semmler würde mehr davon nehmen. Reuter war sich sicher, dass er unter der Wirkung der Droge bald auch auf seine Mutter treffen würde. Und dann sollte eintreten, was Reuter geplant hatte: Die Zerstörung dieser seltsamen Bindung!

So muss man das machen, dachte Reuter. Als er Semmler schließlich auf dem Sofa einschlafen sah, verließ er hoch zufrieden seinen Posten und machte sich an den Heimweg.

21.

Als Walter Semmler am folgenden Tag während seiner Mittagspause zur Bibliothek lief, die Sonne tauchte alles in ein gelbes Licht, zwitscherten die Vögel. Semmler blieb stehen und lauschte.

Eigentlich wunderhübsch, dachte er und versuchte mit schief gehaltenem Kopf die Quelle der Geräusche auszuloten. Da! Da saß einer in den Büschen und sang aus Leibeskräften. Semmler vermutete, dass das ein Balz- oder Reviergesang war. Er hatte das einmal in einer Naturdokumentation gesehen. Früher hatte er geglaubt, dass die Büsche diese Geräusche machten, aber da war er noch sehr klein gewesen. Erst später, nachdem er seine erste Brille bekommen hatte, hatte er die kleinen Tiere in den Zweigen entdeckt. Und heute: Wenn er jetzt einen angemessenen Abstand zu den Büschen einhielt, konnte er nicht unterscheiden, ob es die Vögel oder die Büsche waren, die da sangen. Ihm kam sein Erlebnis der vergangenen Nacht wieder in den Sinn, als er vom Anblick des Sternenhimmels so überwältigt gewesen war.

Seltsam, was ich mir zusammenspinne, dachte Semmler. Er legte den Kopf wieder schief. Es war ein einfacher, schöner Gesang.

Den ganzen Vormittag hatte er sich den Kopf zerbrochen, wie er Marianne Finke zu einer Mithilfe bewegen könnte. Er wollte auf gar keinen Fall aufdringlich erscheinen, und so hatte er alle Bilder, in denen Blumen oder Pralinen eine Rolle spielten, verworfen. Immerhin war es ihr Job, Leute wie ihn zu informieren. Semmler war sich zwar nicht sicher, ob eine Ahnensuche ebenfalls dazugehörte, aber aus purem Eigennutz nahm er es für den Moment einmal an.

Semmler erreichte die Bibliothek, drückte entschlossen die Glastür auf, überquerte den riesigen Fußabstreifer, stemmte sich gegen die zweite Glastür und stellte sofort fest, dass eine völlig andere Frau an der Stelle saß, die Semmler für Marianne Finke reserviert hatte.

Rosi Hausner las er schon von weitem auf dem überdimensionalen Tischschild. Rosi Hausner in einem rosa Flauschpulli! Rosi Hausner mit einer blonden Löwenmähne und prallen, rosaroten Lippen. Das war kein Vergleich zu Marianne Finke, aber vor allem war es nicht Marianne Finke.

Sie hat Urlaub genommen, schoss es Semmler durch den Kopf.

„Entschuldigen Sie. Dürfte ich einmal vorbei?"

Eine kleine, ältere Dame stand direkt vor Walter Semmler.

„Was?", krächzte Semmler.

„Sie stehen direkt in der Tür."

„Oh, entschuldigen Sie", stammelte Semmler und gab den Weg frei. Dann stakste er auf das Pult zu und wurde dort Zeuge, wie Rosi Hausner ein Bein über das andere schlug.

„Guten Tag", grüßte Semmler. „Ich hätte eigentlich gerne Frau Finke gesprochen."

Rosi Hausner wartete eine angemessene Zeit, bevor sie sich zu einer Antwort herabließ.

„Frau Finke ist zu Tisch", antwortete sie schließlich.

„Wann wird sie zurück sein?", fragte Semmler.

„Gegen halb zwei."

„Oh."

Dann wäre seine Mittagspause vorbei.

„Wo ist sie denn zu Tisch?", fragte Semmler.

Rosi Hausner, die bis jetzt unverwandt auf den Monitor geschaut hatte, hob erstaunt die Augenbrauen und sah Semmler erst dann direkt an. Die beiden ruhigen, blauen Seen darunter waren versucht, belustigte Wellen zu schlagen, glätteten sich aber schließlich nachsichtig.

„Sie wollen wissen, wo Frau Finke zu Tisch ist?", fragte Rosi Hausner.

„Nun ja ... ich weiß nicht, ob das gegen die Regeln verstößt."

„Oh, nein. Gegen eine Regel verstößt das nicht, wenn Sie Frau Finke besuchen wollen."

„Also, besuchen wollte ich sie eigentlich nicht direkt. Es geht um eine wichtige Sache", entgegnete Semmler gequält, denn er fühlte sich in eine Richtung gedrängt.

„Selbstverständlich geht es um eine wichtige Sache. Und ich werde Ihnen dabei ganz bestimmt nicht im Wege stehen", sagte Rosi Hausner. „Frau Finke sitzt in dem Café gleich um die Ecke. Der Tisch direkt an der Wand im hinteren Teil. Sie wird ein Stück Käsekuchen essen."

Das Café war gut besucht. Ein paar Handwerker hockten an einem Tisch und stritten offenbar darum, wer von ihnen ein Bauvorhaben vermasselt hatte. An einem anderen Tisch knutschte ein Pärchen. Eine leichte Melodie durchzärtelte den Raum.

In einem versteckten Winkel, dem allgemeinen Treiben des Cafés entrückt, fand Walter Semmler Marianne Finke. Vor ihr stand ein Teller mit einem Stück Käsekuchen, und sie schlürfte eine Tasse heiße Schokolade. Semmler steuerte direkt auf sie zu.

„Guten Tag, Frau Finke," grüßte er etwas zu laut.

Marianne Finkes erschreckt prüfender Blick traf Semmler über ihre dampfbeschlagenen Brillengläser hinweg. Auf ihrer Oberlippe lag eine Schicht Kakaoschaum.

„Ja?"

„Ich bin es, Walter Semmler. Ihre Kollegin war so freundlich, mir Ihren Aufenthaltsort …"

„Frau Hausner?", fragte Marianne Finke ungläubig und tupfte sich mit einem Papiertuch den Mund.

„Richtig. Frau Hausner. Es ist ja nur, weil sich so viele seltsame Dinge ereignen."

„Seltsame Dinge? Aber so setzen Sie sich doch, Herr Semmler."

Semmler klemmte sich auf den freien Stuhl.

„Darf ich Ihnen etwas bringen?"

Ein Kellner hatte sich neben ihm aufgepflanzt.

„Äh, eigentlich wollte ich nur … also schön. Bringen Sie mir auch so einen Kuchen."

„Der Käsekuchen ist ausgegangen", verkündete der Kellner triumphierend. „Aber wir hätten da noch Apfelkuchen, Mandelkuchen, verschiedene Torten mit Sahne, ohne Sahne, oder Schlagobers, wie unsere Wiener Freunde sagen …"

„Bringen Sie mir nur so eine Tasse", unterbrach Semmler überfordert, weil die Auswahl so dermaßen groß war, aber auch, weil er allein mit einer Frau zusammensaß. Er war sehr froh, dass es einen triftigen Grund dafür gab.

„Sehen Sie, Frau Finke", begann Semmler, „ich glaube, ich muss mich jemandem ..."

„So, der Herr. Ihre Schokolade."

Der Kellner setzte eine verschnörkelte Tasse mit dem Getränk ab. Semmler verfolgte das Ganze ungeduldig und wendete sich dann wieder Marianne Finke zu.

„Ich glaube, ich muss mich ..."

„Wollen Sie sofort zahlen oder erst später?"

Semmler blitzte den Kellner böse an.

„Wenn es Ihnen nichts ausmacht, dann zahle ich später."

„Nein, das macht mir nichts aus. Ich dachte nur, dass Sie vielleicht nur eine Tasse trinken wollen, dann feststellen, dass beispielsweise ihr Bus gleich abfährt, und da wäre es doch sehr hinderlich, wenn Sie dann noch bezahlen ..."

„Es ist nicht hinderlich", entgegnete Semmler beherrscht.

„Wie Sie meinen. Es war ja nur ein Vorschlag."

Der Kellner ging davon wie jemand, der zwar keinen großen Sieg errungen, aber dennoch das letzte Wort gehabt hatte.

Semmler atmete einmal tief durch.

„Ich muss mich jemandem anvertrauen, und nachdem Sie mir schon gestern bei meiner Suche behilflich gewesen waren, denke ich, dass Sie einen Anspruch darauf haben."

Marianne Finke lief es warm den Rücken hinunter. Sie hatte Anspruch auf etwas! Anspruch auf etwas, das mit Vertrauen zu tun hatte. So etwas hatte ihr noch niemand gesagt.

„Frau Finke ..."

„Marianne ... nennen Sie mich Marianne ... ich denke, wo wir schon hier zusammensitzen und so ..."

Semmler stutzte.

„Also gut ... Marianne ..."

Er holte Luft.

„Mir passieren da zur Zeit sehr merkwürdige Dinge."

Er beugte sich etwas vor.

„Ich glaube, dass sich irgendjemand oder irgendetwas in mein Leben einmischt."

„Wie kommen Sie denn darauf?", fragte Marianne fest. Sie wollte unbedingt, dass er weitersprach, damit sie ihn in Ruhe betrachten konnte.

Während Semmler also die ganze Geschichte erzählte, beobachtete sie die kleinen Zuckungen um seine Mundwinkel, das feine Blinzeln der Augen hinter den Brillengläsern, seine knetenden Hände, die unwillkürlich einen weißen Faden unter dem Rand des Mantelärmels hervorzogen, und die etwas schief stehenden Zähne, an die seine Zunge von Zeit zu Zeit anstieß. Semmlers Schilderungen vom Besuch der Tante, dem seltsamen Bestehen des Tests in der Bank bis zu den Ereignissen der letzten Nacht drangen schemenhaft durch Semmlers Behauptung, sie hätte einen Anspruch darauf.

„Glauben Sie, dass ich verrückt bin?", fragte Semmler zaghaft und nahm einen Schluck aus der Tasse.

Marianne Finke blies in ihre Tasse, verharrte eine Weile, bis sich der Nebel von selbst verzogen hatte, konzentrierte sich kurz und blickte Semmler dann scharf an. Bei diesem Mann, dessen beschlagene Brillengläser sich ebenfalls gerade klärten, konnte und wollte sie sich nicht vorstellen, dass er sich diese Dinge nur ausgedacht hatte. Nein, das roch nach etwas ganz anderem. Etwas Geheimnisvollem. Sollte es möglich sein, dass sie ein Abenteuer erleben würde? Mit diesem Mann? Ihr Herz überschlug sich.

„Wir sollten der ganzen Sache möglichst objektiv begegnen."

Semmler ließ sich zurücksinken.

„Ich muss wissen, was das für eine Tante ist, beziehungsweise, ob sie meine Tante ist."

„Waren Sie denn nicht beim Standesamt?"

„Das schon, aber es war schon geschlossen, und ich könnte es allenfalls in einer Woche noch einmal versuchen. Für so was bekomme ich ganz sicher nicht vorher frei. Eine Woche! Wenn Sie wüssten, was das für mich bedeutet!"

„Sie könnten sich krank melden."

Semmler blickte irritiert.

„Sie gehen einfach einmal etwas früher, weil Sie sich unwohl fühlen", schlug Marianne Finke schnell vor.

„Sie meinen ... nein, nein. Das würde alles nur komplizierter machen."

Marianne Finke dachte nach.

„Vielleicht gibt es noch eine andere Möglichkeit. Vielleicht lässt sich noch woanders etwas herausfinden ... im Netz."

Semmler blickte noch irritierter. Sie lächelte.

„Im Internet."

„Donnerwetter", staunte Semmler. „Darauf wäre ich bestimmt niemals gekommen. Und Sie meinen, das hilft uns weiter?"

Marianne Finke hielt einen Moment den Nachhall des Wortes *uns* fest, ließ ihn ein wenig in ihrem Innern schwingen und sprach dann erst weiter.

„Ganz bestimmt. Ich könnte gleich schnell einen Abstecher hinein machen."

„Das heißt, Sie würden mir auch weiterhin helfen wollen?", fragte Semmler und ärgerte sich im gleichen Moment, dass seine Frage etwas gestelzt wirken musste.

Marianne Finke verspürte ein zweites Mal dieses Schwingen. Hier saß ein Mann, der ihre Hilfe brauchte. Und sie konnte ihm helfen, nein, sie musste ihm helfen. Das erste Mal in ihrem achtunddreißigjährigen Leben hatte sie eine Aufgabe, die weit über das Informieren und die Zahlencodes, Geld verschicken und Träumen hinausging.

„Ich möchte schon gerne."

„Danke, vielen Dank!", rief Walter Semmler und wäre Marianne Finke am liebsten um den Hals gefallen. Im letzten Moment hielt er sich aber zurück, und so sah die Bewegung, die er ausführte, wie eine linkische Verbeugung aus.

„Am besten, Sie schreiben mir Ihren Namen auf."

„Natürlich", murmelte Semmler und durchsuchte seine Taschen nach einem Zettel und einem Stift. Hilflos blickte er Marianne Finke an.

„Was ist los?", fragte sie.

„Ich habe nichts zum Schreiben."

„Oh, ich will mal schauen ..."

Sie kramte in ihrer Handtasche.

„Ich habe einen Kugelschreiber."

„Dann werde ich Ihnen auch meine Telefonnummer auf diese Serviette schreiben", sagte Semmler.

Er bemühte sich, das weiche Papier nicht zu zerreißen, aber am Ende war es doch nicht ganz zu verhindern gewesen. Marianne Finke empfand das alles als sehr konspirativ.

„Sie haben da einen Faden", sagte sie und wies auf Semmlers Ärmel.

„Oh", meinte Semmler und zog hastig daran. Er zog ihn eine ganze Armlänge aus dem Ärmel heraus und war sich erst dann sicher, dass das ein Fehler gewesen war. Die Manschette des Hemdes rutschte nur deshalb nicht bis auf den Tisch heraus, weil Semmler gerade noch rechtzeitig seinen Daumen abspreizte.

„Du lieber Himmel!", rief Semmler und begann sich im nächsten Moment gewaltig zu schämen.

„Das macht doch nichts. Bestimmt lässt es sich nähen", sagte Marianne Finke. „Hier haben Sie auch meine Nummer. Für alle Fälle."

22.

Iris Reuter summte ein Lied, denn wie seit einigen Tagen hatte ihr Mann das Haus überpünktlich verlassen. Es musste etwas mit seiner Karriere zu tun haben, denn es hatte den Anschein, als wolle er im Institut nichts verpassen. Sie stellte sich eigentlich nicht die Frage nach dem Warum, denn das interessierte sie schon lange nicht mehr. Sie beschränkte sich darauf, ihre Rolle als Frau des Filialleiters mit einer gewissen Perfektion zu spielte, und Heinz stellte sonst keine weiteren Ansprüche mehr an sie.

Wahrscheinlich kriecht er wieder irgendwelchen sogenannten hohen Herren buchstäblich in den Arsch, dachte sie und hoffte, dass sie sich nicht wieder für ihn schämen musste wie damals auf der Grillfeier für einen Honorarkonsul, wo er wieder einmal den Hampelmann gemacht hatte. Dabei reichte es ihr schon, wenn er bloß seine Hände knetete wie ein Krämer, ohne auch nur ein bisschen an seine eigene und ihre Würde zu denken. Sie mochte gar nicht zählen, wie oft sie sich für ihn hatte bloßstellen müssen, nur damit er den Eindruck hatte, einen Millimeter auf seiner selbst erschaffenen Erfolgsleiter höher zu steigen.

Früher, als sie noch ein Backfisch gewesen war, hatte sie ihn dafür bewundert, aber heute empfand sie seine Bemühungen als lächerlich, unangemessen und peinlich. Er hatte nie den Versuch unternommen, ihre Bedürfnisse zu sehen, selbst wenn die nur darin bestanden hatten, Kinder zu zeugen.

Obwohl sie seine Äußerungen über Befindlichkeiten oder das Wetter längst mit dem kosmischen Grundrauschen verwoben hatte, war ihr in den letzten Wochen aber doch etwas aufgefallen. Ohne offensichtlichen Grund verließ er plötzlich das Haus und kehrte erst nach mehreren Stunden zurück. Auch sein Zurückziehen in den Hobbykeller und die damit verbundene Geheimniskrämerei hatte sie als ungewöhnlich registriert. Irgendetwas hatte er da unten zu schaffen, und sie hoffte, dass es nicht mit ihr in sofern zu tun hatte, als dass er ihrer beider Verhältnis neu zu beleben versuchte. Oder ist es ein Relikt seiner Vergangenheit, dachte sie und schüttelte sich bei dem Gedanken, der Handwerker, der Gärtner, träte wieder in ihm zutage. Außerdem schien Heinz ein besonderes Interesse an seinem Mitarbeiter Semmler zu entwickeln. Bei dem Gedanken, ihr Mann könne eine gewisse Sympathie für diesen jüngeren Mann entwickelt haben, musste sie lächeln. Dabei war es für sie nichts Neues, dass er kleine Geheimnisse hütete. Schon kurz nach ihrer Heirat hatte es eine Auseinandersetzung um seltsame Zahlungen gegeben, über deren Sinn Heinz nie genaue Auskunft gegeben hatte. Sie vermutete damals, dass er vielleicht Spielschulden abstotterte oder, was im Rahmen des Möglichen lag, den Konsum von Drogen finanzierte. Er hingegen behauptete, dass er eine Verpflichtung eingegangen sei, über die sie nicht Bescheid wissen müsse aber sicher sein könne, dass sie ihr nicht schaden werde. Es werde genügend Geld für sie beide immer zur Verfügung stehen.

Iris Reuter wehte ins Badezimmer. Viel Zeit blieb ihr jetzt nicht mehr. Vielleicht noch eine Stunde, vielleicht noch weniger. In dieser Zeit musste sie es hinkriegen, umwerfend auszusehen. Und sie konnte das.

Die Natur hatte ihr alle notwendigen Voraussetzungen dafür mitgegeben, doch für gewöhnlich trug sie sie nicht zur Schau. Ihre langen, blonden Haare waren stets in einem strengen Knoten geordnet, und die legere Kleidung ließ höchstens sehr erfahrene Männer erahnen, was sich darunter verbarg. Die Hornbrille tarnte ihre lang bewimperten Augen, und sie pflegte sie erst nach dem Verlöschen der Nachttischlampe abzunehmen und gegen eine Schlafmaske einzutauschen. Diese und die Ohrenstöpsel halfen gegen Heinz, seinen Anblick und seine Geräusche.

Sie besah sich im Spiegel. Wie hatte sie es nur geschafft, fünfundfünfzig Jahre dieser glatten, unerbittlichen Fläche zu verheimlichen? Sicher, sie gab ab und zu ein kleines Vermögen für Tinkturen und Pasten aus, aber diese Wirkung konnte nicht allein davon herrühren.

Die Zeit eilte dahin. Sie ließ den Morgenmantel von den Schultern gleiten und betrachtete sich noch einmal. Beinahe unbenutzt, dachte sie und lächelte sich zu. Dann stieg sie unter die Dusche. Nach wenigen Minuten hatte sie den Geruch von Heinz und dem ehelichen Bett abgespült. Während sie sich abtrocknete waren ihre Gedanken schon beim Kleiderschrank, doch als sie endlich davor stand, konnte sie sich nicht entscheiden.

Ein kurzer Rock, aber nicht zu kurz, eine dünne Bluse, aber nicht zu dünn, hohe Schuhe, aber nicht zu hoch. Vor allem würde sie keine Unterwäsche tragen! In Iris Reuter stieg eine Erregung hoch, auf die sie jetzt weniger denn je verzichten wollte. Jede Woche zur gleichen Zeit konnte sie genau das tun, was sie wollte, wonach sie verlangte und was keiner wissen durfte. Schon gar nicht Heinz!

Sie blickte auf die Uhr. 10:04 Uhr. Nur noch eine Minute. Aufgeregt lief Iris Reuter vor der Wohnungstüre auf und ab. Und wenn etwas passiert war? Sie wagte gar nicht, diesen Gedanken weiterzuspinnen. Dann würde sie wieder in das dunkle Loch ihrer Ehe stürzen. Aber so weit durfte es nicht kommen. Lieber würde sie sich umbringen, als...

Es schellte. Iris Reuters Augen verengten sich, nachdem sie durch den Türspion geblickt hatte. Vorsichtig öffnete sie.

„Ja, Sie wünschen?", fragte sie leicht unterkühlt.

Draußen stand eine junge Frau in einem Overall.

„Ich komme von den städtischen Wasserwerken."

„Und?"

„Nun, wir haben den Verdacht, dass ihr Zähler nicht einwandfrei arbeitet, und deshalb müssen wir ihn überprüfen."

Iris Reuter trat ein Stück zu Seite und blickte auf die Uhr.

„Wenn es dann unbedingt sein muss. Kommen Sie herein. Aber beeilen Sie sich."

Die junge Frau trat ein. Iris Reuter schloss die Tür, atmete einmal tief durch, und wollte sich dann zu der

Frau umdrehen. Doch in diesem Moment spürte sie schon diese vertrauten Hände, wie sie sich langsam unter ihre Bluse tasteten.

23.

Um die Nabe des rechten Vorderrades des Einkaufswagens hatte sich ein Knäuel aus Papier, Staub und Haaren gewickelt und bremste es regelmäßig ab. Frau Leibisch schob den Wagen dennoch durch die Reihen des Supermarktes. Ihre Augen waren leicht gerötet und ihr Gehirn fühlte sich an wie wund gelaufen.

Als sie gestern Abend gerade die Wachskugeln in die Ohren hatte stecken wollen, um am Morgen nicht vorzeitig durch Vogelgezwitscher aus dem Schlaf gerissen zu werden, drang dieser Lärm aus Semmlers Wohnung über die Straße zu ihr herüber. Eine Zeit lang klebte sie am Schlafzimmerfenster, um etwas zu erkennen. Aber Semmlers herabgelassene Rollläden beflügelten lediglich ihre Phantasie. Sie öffnete ihr Fenster einen Spalt um eventuell Stimmen herausfiltern zu können. Aber sie hörte nur einmal Semmler „Was wollt ihr hier?" brüllen.

Dann folgte ein merkwürdig meckerndes Lachen, dann ein weiteres in höherer Stimmlage. Zeitweilig war sie sogar versucht, hinüberzuschleichen, aber dann wäre sie anderen spähenden Augen der Nacht aufgefallen. Gegen halb elf war alles wieder still. Eine Weile hatte sie noch am Fenster gewartet, aber niemanden die Wohnung verlassen sehen.

Diese hohe Stimme. Es konnte die verstellte eines Mannes oder die einer fröhlichen Frau gewesen sein!

Frau Leibisch hatte sich einen kräftigen Schnaps genehmigt. Ihre Nachtruhe war dahin gewesen, denn in ihr hatte die Eifersucht gebohrt. Wo gab es denn noch Männer, die so unerfahren und damit beeinflussbar wie Walter Semmler waren? Sie hatte überall in ihrem Bekanntenkreis herumgesucht, aber so einen wie ihn gab es nirgendwo. Sie musste besser auf ihre Felle aufpassen. Aus ihrer Ehe wusste sie, dass Liebe vorzugsweise den Umweg über den Magen geht, und daher hatte sie sich vorgenommen, Walter Semmler zum Essen einzuladen.

Vor ihr drängten Kunden durch die Gänge des Supermarktes. Es waren größtenteils Frauen, die da Preise verglichen, die Wagen bis an die Belastungsgrenze beluden und mit verschwitzten Fingern nach frischem Obst und Gemüse tasteten. Sie hasste es, wenn sie das mit ansehen musste, denn niemand konnte wissen, wo diese Finger zuvor gewesen waren. Doch sie selbst musste aus einem inneren Zwang heraus das Gleiche tun.

„Kauf' keine Katze im Sack", hatte ihre Mutter immer gesagt. Mit einem einzigen Fingerdruck unterschied Frau Leibisch eine reife von einer unreifen Melone und im selben Moment registrierte sie, dass diese Melone bereits feine Mulden durch die Finger anderer Kunden hatte.

„Hallo, Frau Leibisch!"

Frau Leibisch blickte in ein blasses, vergrämtes Gesicht.

„Ah, Frau Kühnast."

„Nehmen sie diese hier. Die ist bestimmt frischer", sagte Frau Kühnast und hielt ihr eine Melone hin. „Ich wollte sie erst nehmen, aber dann ... mein Mann verträgt die ja doch nicht."

Frau Leibisch warf einen prüfenden Blick auf den gelben Ball und stellte fest, dass er tatsächlich besser war als der, den sie selbst im Wagen liegen hatte.

„Sehr freundlich."

Frau Kühnast stand ganz unten in Frau Leibischs Nachbarschaftshierarchie. Das bedeutete, dass die Kühnast ihr etwas erzählen musste und nicht umgekehrt.

„Das Wetter wird sich wohl bald ändern. Mein Mann spürt schon etwas im Zeh."

„So, so", murmelte Frau Leibisch. Das schmächtige Männlein, mit dem Frau Kühnast verheiratet war, spürte immer irgendetwas.

„Gestern konnte er gar nicht gut schlafen. Aber nicht nur wegen dem Zeh. Haben Sie´s auch gehört?"

Die Kühnasts wohnten ein Stück die Straße hinunter.

„Was soll da gewesen sein?", fragte Frau Leibisch bemüht, das Zittern in ihrer Stimme zu unterdrücken.

„Irgendwer hat da doch Radau gemacht. Mein Mann ist nicht mehr eingeschlafen."

„Ich kann da gar nichts zu sagen", entgegnete Frau Leibisch und wendete sich wieder dem Obst zu. Sie fischte mit sicherem Griff ein Netz mit besten Zwiebeln aus dem aufgetürmten Berg und versenkte es in ihrem Einkaufswagen. So, mein Lieber, dachte sie, das wird dir das Wasser im Munde zusammenlaufen lassen.

„Ich muss dann mal wieder, Frau Kühnast. Und grüßen Sie Ihren Mann von mir."

Sie beobachtete, wie ein Schatten über Frau Kühnasts Gesicht zog.

„Ja, das will ich tun", antwortete Frau Kühnast zögernd, und Frau Leibisch wusste, dass es heute eine heftige Diskussion im Hause der Kühnasts geben würde.

Als sie die Hygieneartikelabteilung durchquerte, wurde ihr Blick von einem Sonderangebot für eine Tagescreme eingefangen. Ein neuer Lippenstift war ohnehin überfällig, und so wanderten diese beiden Hilfsmittel der Verführung genauso in den Einkaufswagen wie ein mittelteures Parfum.

An der Fleischtheke musste sie eine Weile anstehen, und die angebotenen Steaks fanden nicht ihre Zustimmung. Zu blass. Also entschloss sie sich, auf Fisch auszuweichen.

„Frau Leibisch!", schmetterte es hinter ihr.

Frau Leibisch fuhr herum, und ihr zusammengekniffener Mund, der sich durch den Wechsel von Fleisch zu Fisch gebildet hatte, verwandelte sich in ein verzerrtes Grinsen.

„Frau Menzel! Das ist ja eine Überraschung. Wie geht es Ihnen denn?"

Frau Menzel war eine unangenehme Person. Aufdringlich und aufgedunsen durch Geschwätzigkeit!

„Na, ganz ausgezeichnet. Wir haben uns aber lange nicht gesehen", sagte Frau Menzel.

„Viel Arbeit, viel Arbeit, Sie wissen ja, wie das ist", sagte Frau Leibisch.

„Ja, ja, man tut, was man muss, nicht wahr?", seufzte Frau Menzel. „Sie haben da aber eine wunderbare Melone."

„Die Kühnast hat sie mir freundlicherweise überlassen."

„Ah, Frau Kühnast. Die habe ich auch schon getroffen. Ihr Männ ... ihr Mann hat wieder Schmerzen im Zeh."

Frau Leibisch nickte zustimmend.

„Außerdem konnte das Kerlchen wohl nicht richtig schlafen heute Nacht."

Da war es schon wieder. Offenbar wusste die ganze Stadt zumindest über Herrn Kühnasts Schlafstörung Bescheid.

„Soll recht laut gewesen sein", fuhr Frau Menzel fort. „Haben Sie denn gar nichts gehört? Sie müssen etwas gehört haben. Schließlich war es doch direkt bei Ihnen gegenüber."

„Ich schlafe immer sehr gut, denn ich benutze Wachsstopfen."

„Da haben Sie aber gut daran getan. Bei dem Radau die letzte Nacht", sagte Frau Menzel, und ein Anflug von Enttäuschung war nicht zu überhören.

Sie schwimmt, dachte Frau Leibisch. Sie weiß gar nichts. Ich soll es ihr erzählen. Plötzlich jedoch raunte Frau Menzel: „Aber was glauben Sie, wen ich heute schon gesehen habe."

„Nun?", lächelte Frau Leibisch mit gespieltem Desinteresse und blickte an den glänzenden Fischleibern entlang.

„Sie werden es kaum glauben, aber gerade, als ich heute früh zu den Mülltonnen ging, traf ich Frau Klemper ... die aus dem dritten Stock bei uns ... mit den vielen dreckigen Kindern."

„Ach", nickte Frau Leibisch. Die Kinder der Klempers und damit die Zustände in diesem Haushalt waren zwar auch ein lohnendes Thema, aber ihr Interesse galt jetzt doch mehr den Fischen. Sollte es Rotbarsch, Seelachs oder gar Scholle werden? Im Geist überschlug sie die Kosten.

„Ja", eiferte sich Frau Menzel, „und sie werden nicht glauben was die mir erzählt hat."

Scholle ist immer edel, Seelachs aber mehr auf dem Teller.

Frau Menzel berührte Frau Leibischs Arm, die daraufhin zusammenzuckte und ihr ins Gesicht blickte.

„Der Walter Semmler, ihr Nachbar von gegenüber, war gestern beim Standesamt", flüsterte sie eindringlich.

Die Fische tanzten vor Frau Leibischs Augen und schienen ihr mit den Flossen eine lange Nase zu drehen.

„Was?", krächzte sie.

„Ja, der Walter Semmler, dieses Muttersöhnchen. Als wenn der wüsste, wo der Spatz die Locken hat, wenn Sie verstehen, was ich meine", grinste Frau Menzel.

„Woher soll denn ihre Frau Klemper so etwas wissen?", fragte Frau Leibisch argwöhnisch, während sie sehr wohl verstand, was Frau Menzel meinte, und im Geiste jede Art von Fisch von der Speiseliste strich und durch Knollenblätterpilze ersetzte.

„Frau Klemper hat es von der Brassmann, und die wiederum ... also Sie glauben ja gar nicht, wie schnell das rundging ... also die hat es von der Kupsch. Die putzt da nämlich."

Die Kupsch. Das war eine sichere Informationsquelle.

„Da soll wohl auch was Kleines unterwegs sein", zwitscherte Frau Menzel. „Ich muss dann mal wieder."

Sie zog mit ihrem Wagen ab. Frau Leibisch blieb zurück, und sie hörte irgendetwas in ihrem Inneren Messer wetzen.

24.

Semmler hörte das natürlich nicht. Den Rest des Tages hatte er recht aufgewühlt in der kleinen Kammer hinter dem Schalterraum gehockt. Er hatte sich eingestehen müssen, dass irgendetwas passiert war. Marianne Finke! Eine Stimme raunte in seinem Inneren, dass es da etwas zwischen ihnen geben könnte, ein unsichtbares Band vielleicht, aber Semmler legte instinktiv so viele dicke Kissen über diese Stimme, bis er sie nicht mehr hörte. Schließlich gab es Wichtigeres. Das Bankwesen ist schließlich eine beinharte Sache!

Jetzt stand er auf der Straße und streifte endlich die lose Manschette über die Hand. Während der Arbeit war er des Öfteren versucht gewesen, das zu tun, aber er hatte Filialleiter Reuter keine Blöße zeigen wollen. Er steckte die Manschette in die Manteltasche und stieß dort auf die kleine Plastikkarte, die er vergangene Nacht unter dem Sofa gefunden hatte. Ob die einer der Besucher in der letzten Nacht zurückgelassen hatte? Nein, das war Mutters Karte! *Agnes Semmler* stand da, außerdem der Name seiner Bank, und in die Hülle waren ganz fein vier Zahlen eingeritzt. Semmler schluckte. Dann blickte er auf. Er stand vor einem Bekleidungshaus.

Laszive weibliche Kunststoffpuppen präsentierten sich im neuesten Chic, und insgeheim verglich er die

Proportionen der Puppen mit der von Marianne Finke, musste sich jedoch eingestehen, dass er sie noch gar nicht genau betrachtet hatte. Er nahm sich das für ihre nächste Begegnung vor. Ihre nächste Begegnung – wenn er es recht bedachte, dann hatte Marianne Finke ihn jetzt schon zweimal in derselben Kleidung gesehen. Sie musste glauben, er hätte nichts anderes. Wenn er darüber nachdachte, dann war sich alles in seinem Kleiderschrank sehr ähnlich. Bei ihrer nächsten Begegnung sollte so etwas wie vorhin nicht wieder geschehen.

Peinlich, dachte Semmler, während er die Manschette in seiner Manteltasche befummelte. Er könnte in dieses Kaufhaus gehen wie es Tausende vor und nach ihm taten und sich einen neuen Anzug kaufen. Aber dazu benötigte er Geld, und angesichts der Preisschildchen überstieg der Batzen, der für solch eine Transaktion nötig war, den Betrag, den er jede Woche von seiner Mutter ausgehändigt bekam, um ein Mehrfaches.

Semmlers Blick wanderte auf die Kreditkarte in seiner Hand, dann zu den Puppen, dann wieder zur Karte. Gedankenversunken ritzte er mit dem Fingernagel die Zahlenkombination nach. Sollte er es wagen? Mutter hatte ihn vor größeren Ausgaben gewarnt. Das hier würde eine größere Ausgabe sein, aber seine Mutter war weit weg. Er brauchte aber jetzt Geld. Im Übrigen würde Mutter ihm das Geld geben, wenn er sie danach fragte. Die Reihenfolge, wie er an das Geld gelangte, wäre dann zwar eine andere, aber käme es zum Schluss nicht auf dasselbe hinaus?

Semmler blickte sich um. Wenige Schritte entfernt stand ein Geldautomat. Wie lange war es her, dass er so ein Ding benutzt hatte? Mindestens so lange, wie er schon nicht mehr im Schalterraum arbeitete. Oder seit seiner Ausbildung? Damals waren diese Automaten brandneu gewesen. Das Institut hatte ihm zwar ein Konto eingerichtet, aber er hatte aus praktischen Gründen darauf bestanden, dass die Zahlungen auf das Konto seiner Mutter gingen. Seine eigene Karte hatte er dann nie gebraucht und inzwischen längst vergessen, wo die war.

Die Flüssigkristallanzeige wartete geduldig, bis Semmler eine für seinen Begriff großzügige Summe eingetippt hatte. Die Mattscheibe verdunkelte sich, dann tauchte ein freundlicher Schriftzug auf, der Semmler die prompte Durchführung des Vorganges verhieß, und dann erschien eine Anzeige, die den aktuellen Kontostand verriet. Semmler musste zweimal hinsehen, um zu realisieren, dass auf diesem Konto 118.430 Euro lagen. Genau die Summe, die er bei der Untersuchung in der Bank erraten hatte!

Der Automat forderte Semmler zur Entnahme von Karte und Geld auf.

118.430 Euro! Das war ungeheuer viel Geld. Mutters Geld. Semmler war drauf und dran, noch einmal etwas abzuheben, nur um sich bestätigen zu lassen, dass er sich nicht getäuscht hatte. Doch statt dessen ließ er sich einen Bankauszug drucken. 118.430 Euro Haben!

Nachdenklich wendete er sich dem Kaufhaus zu. Eigentlich brauchte er sich gar nicht darüber zu wundern, denn es waren in den vergangenen Tagen so viele ungewöhnliche Dinge geschehen, dass ihm die Summe, die da auf dem Konto schmorte, beinahe etwas zu ge-

ring erschien. Die genaue Zahl war dafür um so merk-
würdiger.

„Wie kann ich Ihnen helfen?"

Ein Mann mit graumeliertem Haar in dunkelblauem
Anzug und mit blendend weißen Zähnen taxierte die
Geldscheine in Semmlers Hand.

„Nun, ich dachte ...", stammelte Semmler und blickte an sich hinab.

„Ich verstehe. Sie möchten einen Anzug kaufen?"

Semmler fühlte sich auf unerklärliche Weise geborgen.

„Ja ... einen neuen Anzug!"

Der Mann lächelte gewinnend.

„Selbstverständlich! Wir führen nur neue Anzüge.
Wenn Sie mir bitte folgen wollen."

Sie wechselten in eine Ecke des Verkaufsraumes.
Dort breitete er drei Anzüge vor Semmler aus. Spontan griff der nach einem dunkelblauen, der seine Schultern erheblich verbreiterte. Dazu wählte er ein weißes
Hemd und eine blau schillernde Krawatte. Schließlich
wurde ein Verkäufer aus der Schuhabteilung hinzuge-
rufen, der Semmler ein paar braun glänzende Schuhe
empfahl.

Als Semmler so ausgestattet auf die Straße trat, fing
er plötzlich Blicke auf, wie sie ihm noch nie zugewor-
fen worden waren. Im ersten Moment wollte er kehrt-
machen und seine alten Kleider zurückfordern. Aber
die waren vom Verkäufer einem Untergebenen zur
Vernichtung anvertraut worden. Jetzt führte also kein
Weg zurück. Schöne Menschen hatten eben auch zu
leiden. Er reckte sich und beschloss, diese Blicke zu
ignorieren.

25.

Wie mit Walter besprochen, hatte sich Marianne Finke ins Internet begeben. Sie fand ein geeignetes Portal, loggte sich dort ein und befand sich so auf dem besten Weg zu den von Semmler gesuchten Antworten, als ihr klar wurde, dass sie für eine Suche viel zu wenig Informationen von Walter erhalten hatte. Gerade in dem Moment brach das gesamte Rechnersystem der Bibliothek zusammen. Daraufhin tat sich eine kleine Hölle auf. Jeder Vorgang musste per Hand gemacht werden. Dazu musste man sich konzentrieren, aber Marianne Finke war mit ihren Gedanken bei allem anderen, nur nicht bei ihrer Arbeit. Zu lange war es her, dass sie mit einem Mann ausgegangen war. Dabei war es eigentlich kein richtiges Ausgehen gewesen, denn dazu gehörte eine gehörige Portion Vorfreude und Aufregung. Ein passendes Kleid musste ausgesucht werden und dann war da das Spiel der Variationen über den Verlauf eines solchen Treffens. Obwohl das alles nicht stattgefunden hatte, das Ergebnis war das Gleiche gewesen. Sie hatte mit einem Mann in einem Café gesessen und über aufregende Dinge gesprochen. Selbst ihre Telefonnummern hatten sie ausgetauscht, was ein direkter Hinweis auf weitere Treffen war. Bestimmt stand sie kurz davor, sich zu verlieben.

Sie ertappte sich dabei, wie sie kleine Häuschen, Gartenzäune und luftige Kleider bedeutende Rollen in einem hypothetischen Lebensfilm übernehmen ließ, während das Chaos um sie herum tobte. Es würde in jedem Falle ein weiteres Treffen mit Semmler geben. Da war sie sich jetzt ganz sicher. Selbst ohne den Rechnerzusammenbruch hätte es eines gegeben. Aber so hatte sich eine noch prickelndere Möglichkeit ergeben. Seine Not erschien ihr groß genug zu sein, dass diese Möglichkeit gerechtfertigt war. Wenn dieses Rechnersystem nämlich abgestürzt war, dann musste sie in einem anderen suchen. Aber das war in der Großstadt, in der großen Bibliothek, und morgen, am Samstag, würde sie nicht arbeiten müssen, und er, so vermutete sie, auch nicht. Sie würden eine kleine Reise unternehmen. Schon morgen. Sie war jetzt noch aufgeregter als bisher, und als der Betrieb wegen des Vorfalls um 15:30 Uhr eingestellt wurde, stand sie schon an der Bushaltestelle, als die anderen Kolleginnen noch nicht einmal ihre Mäntel übergeworfen hatten.

Jede rote Ampel und jeden Stau auf ihrem Heimweg reihte sie in ihre Vorstellung vom Schicksal ein. Den Ausgang solcher kleinen Unterbrechungen verknüpfte sie mit ihrem Seelenleben.

Wenn wir über diese Ampel als Letzte fahren dürfen, dann wird etwas Festes aus der Beziehung, sagte sie sich etwa. Auch die Anzahl der Fahrgäste wurde plötzlich zu einem klaren Zeichen für ihr Verhältnis zu Walter Semmler. Sie zählte die Fahrgäste an jeder Station nach. Glücklicherweise waren es nicht zu viele, aber vor allem war es eine gerade Anzahl. Da an jeder Station im Endeffekt eine gerade Anzahl den Bus verließ oder zustieg, blieb es eine gerade Anzahl. Das war gut, denn gerade sollte in ihrer Vorstellung der Weg sein, der zum Glück führte. Sie ertappte sich dabei, wie sie die Dinge zurechtbog, wenn sie drohten, etwas anderes vorherzusagen als: Er liebt mich!

Als beispielsweise ein kleines Mädchen einstieg, zählte Marianne Finke ihren Hund ebenfalls mit, und als an einer anderen Station ein alter Mann sich auf den Bus zu kämpfte, übersah sie seine Bemühungen, die Tür geöffnet zu bekommen. So war sie äußerst guter Laune, als sie schließlich die Haustür des Mietshauses erreichte, denn sie hatte dem Glück nur ein ganz klein wenig nachhelfen müssen. Als sie den Schlüssel zückte, machte sie einen letzten Test.

„Wenn die Tür nicht quietscht, dann wird alles gut!"

Die Tür quietschte nicht, denn der Hausmeister hatte sie endlich geölt. Marianne Finke betrat den Hausflur. Einige Briefe und ein ganzer Haufen Werbung war durch den Türschlitz geworfen worden, weil wieder niemand dem Postboten geöffnet hatte. Obwohl speziell die Werbung eine abwechslungsreiche Lektüre war, ließ sie sie achtlos liegen. Ihr war ein Brief ins Auge gefallen, der den Aufdruck *Luftpost* trug. Aus Bangkok!

Ein gewaltiger Schreck durchfuhr sie. Dieser Brief war von *ihm*! Sie hatte ihn vollkommen vergessen und schämte sich dafür. Während sie hier mit anderen Herren herum schäkerte, musste er gegen die Gefahren der Welt ankämpfen und ahnte nicht, was für ein Spiel sie mit ihm trieb.

Hastig riss sie den Umschlag auf.

Liebste Marianne!
Überweise mir doch bitte die Summe von 1000 Euro auf unten
angegebenes Konto. Hier ist alles so teuer, und für das letzte
Geld musste ich mich aus dem Gefängnis freikaufen.
Ich brauche und liebe Dich!
Dein Bärchen

Sie fühlte sich elend. Jeden Monat bekam sie einen ähnlichen Brief. Und jedes Mal hatte sich seine Situation verschlechtert. Zuerst waren es immer etwa 200 Euro gewesen, die er für dringend durchzuführende Recherche benötigte. Danach aber erklärte er in einem Brief von zehn Zeilen, dass er für seine Forschung mehr Geld brauche, denn er müsse eventuell einige Beamten bestechen. Marianne empfand alles als sehr aufregend und hatte das Geld mit der Gewissheit überwiesen, an der Aufdeckung unmenschlicher Gräueltaten beteiligt zu sein. Doch wo sollte sie dieses Mal das Geld hernehmen. Vielleicht konnte sie ein paar Schmuckstücke verkaufen! Oder sollte sie vielleicht Walter …? Nein, das ging nicht. Er würde es ihr wahrscheinlich nicht verzeihen, wenn sie erst jetzt mit ihrer festen Beziehung herausrückte.

Sie ging in die Küche, um sich einen Tee zu brühen. Was sollte sie tun? Auf der einen Seite stand ihr Freund in Bangkok, auf der anderen Seite Walter Semmler. Und beide brauchten ihre Hilfe. Aber in diesem Moment machte sie in ihrem Herz eine Entdeckung.

Walter war hier! Sie konnte ihn besuchen, mit ihm reden und vielleicht eines Tages sogar mit ihm in ein Kino gehen. Der andere hatte bisher, natürlich durchaus berechtigt, lediglich um Geld gebettelt. Gebettelt? Nein, das konnte sie so nicht sagen. Es musste *gebeten* heißen! Doch was hatte sie denn schon von ihm außer den Wochen quälenden Wartens, nur um dann zu hören, dass wieder eine andere Scheußlichkeit in einem ihr unzugänglichen Teil der Welt passiert war? Sie griff zum Telefonhörer. Während sie Semmlers Nummer eintippte, legte sie sich die Worte zurecht.

„Hallo Walter! Ich muss bei Ihnen vorbeikommen, weil …"

Das erschien ihr zu gehetzt. Sie hatte auch ihren Stolz.

„Hallo Walter! Es ist etwas Komisches passiert …"

Ja, dass du dich verknallt hast wie ein Gimpel und dass du bereits deine Enkel auf den Knien schaukelst, bevor überhaupt irgendetwas geschehen ist, dachte sie ernüchtert.

Aber einer musste den Anfang machen. Erst jetzt fiel ihr auf, dass sie den tutenden Hörer lange genug ans Ohr gehalten hatte, um sicher zu sein, dass Walter Semmler nicht zu Hause war. Vielleicht würde er erst spät kommen, und dann läge sie vielleicht schon im Bett. Nein, sie musste ihn jetzt von ihrem Plan in Kenntnis setzen. Vielleicht sollte sie ihm einen Zettel an die Tür hängen. Und darum tat sie etwas, was sie unter normalen Umständen niemals gewagt hätte. Sie schlug Walter Semmlers Adresse im Telefonbuch nach.

26.

Den ganzen Weg nach Hause behielt Semmler seine stolze Haltung bei. Selbst die hinter der Hecke lauernde Frau Leibisch grüßte er mit einem geradezu huldvollen Winken. Diese bekam vor Verblüffung kein Wort heraus.

Bevor er seine Wohnung betrat, sammelte er sich kurz. Die letzten beiden Male hatte ihn eine Überraschung erwartet. Vielleicht hatte Tante Goutiette wieder die ganze Einrichtung umgestellt oder eine weitere Party arrangiert. Hoffentlich lachte sie ihn nicht wieder aus! Vorsichtig drückte er die Tür einen Spalt auf und äugte ins Wohnzimmer. Auf dem Sofa saß eine vollständig bekleidete Tante Goutiette. Sie hielt eine Nagelschere in der Hand. Das hätte er jedoch inzwischen als Kinkerlitzchen abgetan. Aber vor ihr ruhte das Tablett mit dem Puzzle darauf, und in ihrer anderen Hand hielt sie ein Puzzleteil. Vielmehr war es einmal eines gewesen so wie die anderen auch. Jetzt waren es hunderte bunter Plättchen.

Semmler trat ein.

„Walter!"

Sie stürzte ihm um den Hals.

„Bitte verzeih mir, wenn ich dich verärgert habe. Ich wollte dir doch nur eine Freude machen."

Semmler schob sie weg. Sie schnupperte.

„Du hast eine Tasse heiße Schokolade getrunken?"

„Äh, ja."

Tante Goutiette kehrte zum Sofa zurück.

„Der Anzug macht dich ganz schön flott."

Semmler wurde rot.

„Was tust du denn da?", stieß er gefasster hervor, als er es erwartet hatte.

„Ich lege ein Mosaik", strahlte Tante Goutiette.

In diesem Moment klingelte es an der Wohnungstür. Semmler schob Tante Goutiette in die Küche, ging zur Tür, öffnete sie und blickte in ein ihm wohlbekanntes Gesicht. Schmal, umrahmt von weichen, lang gelockten Haaren, mit fein geschnittener Nase und dunklen, leicht melancholischen Augen, brachte es ihn in der letzten Zeit um den Verstand. Vor ihm stand Tante Goutiette!

Semmler starrte mit offenem Mund in ihr lächelndes Antlitz. Dann kniff er die Augen zusammen und riss sie beinahe im selben Moment wieder auf. Kein Zweifel. Verwirrt blickte er sich um. Auch hier war kein Zweifel möglich. In der Küchentür stand ebenfalls Tante Goutiette!

Ein unheilvolles Dröhnen breitete sich in Semmlers Kopf aus, und sein Blick wanderte hin und her. Goutiette hier, und Goutiette dort!

In dem Augenblick gefror das Lächeln auf dem Gesicht seines Gegenübers vor der Wohnungstür. Die Augen wurden groß und Semmler schien es, als würden sich Schweißperlen auf der Stirn der Frau bilden.

„Oh, Entschuldigung ... komme ich ungelegen?"

„Das gibt es doch gar nicht!", stöhnte Semmler und stützte sich mit einer Hand am Türrahmen ab.

„Was ist denn, Walter?", hörte er die Tante in der Küchentür fragen.

Das war für Semmler zu viel. Zwei gleiche Tanten konnte es nicht geben und Semmler war auch nicht dazu bereit, zwei zuzulassen. Die einfachste Möglichkeit, sich einer der beiden zu entledigen, wäre, die Tür zuzuwerfen. Und Semmler hätte seine Sache gut gemacht. Die Tür wäre krachend ins Schloss gefallen, wenn dem ganzen Vorhaben nicht ein Geräusch zuvorgekommen wäre. Ein Geräusch wie von einem Kartoffelsack, der von einem Pritschenwagen fällt.

„Aber was hast du denn, Walter?", hörte er noch Tante Goutiette rufen. „Was ist, Walter? Ist sie immer noch da? Walter!"

27.

Marianne Finke hatte mit ansehen müssen, wie Semmler zusammensackte. Jetzt lag er völlig verdreht auf dem Boden. Vor dem Betreten fremder Räumlichkeiten trug sie für gewöhnlich einen inneren Kampf mit sich selbst aus, aber hier verlor die warnende Stimme sofort und ihre natürliche Zurückhaltung war besiegt. Sie eilte in die Küche, feuchtete ein Tuch mit kaltem Wasser an und legte es auf Semmlers Stirn. Dann schob sie ein Kissen unter seine Beine. Er würde schon bald wieder zu sich kommen. Sie setzte sich auf das Sofa.

Sofort nahm sie das Ambiente gefangen. Hier wohnte also der Mann, der ihr einen Anspruch auf etwas zubilligte und der etwas Ungewöhnlichem auf der Spur war.

„Mir ist schlecht", grunzte Semmler und hielt sich den Kopf.

„Aber was um alles in der Welt ist denn passiert?", fragte Marianne Finke.

„Hmpf", nuschelte Semmler und brachte seinen Körper in eine bequemere Lage.

„Ist wieder etwas mit dieser merkwürdigen Tante?", fragte Marianne Finke lauernd.

Semmler nickte.

„Nun reden Sie schon", drängte ihn Marianne.

„Um es kurz zu machen … ich habe einen Haufen Geld auf dem Konto meiner Mutter gefunden, habe mir neue Kleidung gekauft, und meine Tante Goutiette hat hier erst alles kaputt gemacht und sich dann verdoppelt ... dann bin ich ohnmächtig geworden. So, jetzt wissen Sie es."

Marianne Finke starrte ihn an. Dann zog sich ein feines Lächeln um ihre Mundwinkel.

„Ich koche erst einmal einen starken Kaffee", sagte sie.

Semmler nickte erschöpft und puhlte sich aus seinem Jackett.

Während Marianne Finke an der Tasse Kaffee nippte, beobachtete sie Semmler, wie er stumpf vor sich hin brütete.

„Ich weiß überhaupt nichts mehr", jammerte er schließlich kläglich. „Ich weiß nicht ..."

„Es klingt zumindest sehr seltsam, was die Tante angeht", meinte Marianne Finke. „Aber diejenige, die Sie an der Tür gesehen haben, das war ich."

„Wahrscheinlich bin ich schon völlig überdreht", meinte Semmler. „Irgendwann sehe ich überall diese Tante. Entweder werde ich sie los, oder ich werde verrückt."

„Na, das wollen wir nicht hoffen", lachte Marianne Finke. „Wo ist Tante Goutiette jetzt?"

Semmler zuckte die Achseln.

„Ist sie nicht mehr da? Dann wird sie das Haus wohl verlassen haben, obwohl ich ihr das ausdrücklich untersagt hatte", erklärte er. Marianne Finke nickte. Dabei fiel ihr eine Haarsträhne ins Gesicht. Semmler bemerkte, dass sie hübsch war.

„Warum sind Sie eigentlich hierher gekommen?", fragte er.

Marianne Finke stutzte.

„Das hätte ich jetzt fast vergessen. Ich wollte doch im Netz nach Ihren Ahnen suchen."

„Ja, und?", fragte Semmler erwartungsvoll.

„Nun, ich hatte zu wenig Informationen, und dann ist unser System zusammengebrochen, weil die Klimaanlage im Serverraum ..."

„Das ist ja geradezu unheimlich!", rief Semmler.

„Aber es ist kein Problem. Wir gehen einfach in die große Bibliothek. Am besten gleich morgen. Die haben auch einen Rechner, den wir benutzen können", schlug Marianne Finke vor. „Ich habe versucht, Sie anzurufen, aber Sie waren wohl noch nicht zu Hause. Und da wollte ich Ihnen einen Zettel an die Tür hängen."

„Was für eine große Bibliothek?", fragte Semmler vorsichtig.

„Die in der Großstadt. Unsere hat morgen geschlossen wegen des Ausfalls. Sie hätten sehen sollen, was da heute schon los war, und morgen ist ..."

„Wie kommen wir denn dahin?", fragte Semmler. „Haben Sie ein Auto?"

Marianne Finke hatte kein Auto und auch keinen Führerschein, denn sie hatte stattdessen lieber Jahresabonnements für das Theater gekauft.

„Wir könnten mit dem Zug fahren!", schlug sie vor.

Semmler blickte sie verdutzt an.

„Meinen Sie denn, dass das klappen wird?"

„Aber sicher. Der Bahnhof ist ganz in der Nähe. Morgens werde ich sogar meist vom Rattern der Züge aufgeweckt."

„Aber was ist in der anderen Stadt?", fragte Semmler erschauernd. Wo sollten sie etwas essen, auf wen würden sie treffen, und wann würde der Zug überhaupt abfahren? Andererseits war da Marianne, die sicherlich viel Erfahrung in diesen Dingen hatte, und außerdem war da der Zwang nach der Klärung der Dinge.

„Vom Bahnhof ist es nur ein kurzer Fußmarsch bis zur Bibliothek. Machen Sie sich keine Sorgen, wir schaffen das. Und jetzt warten wir erst einmal auf das gute Tantchen", schlug Marianne Finke vor. Semmler war weit davon entfernt, den Grund für seine Misere als *gutes Tantchen* zu bezeichnen.

„Vielleicht können wir sie ja zur Rede stellen."

„Versuchen können wir es. Aber bisher habe ich sie nicht festnageln können. Immer ist irgendetwas passiert, das mich dermaßen aus dem Konzept ... sie ist gefährlich", wisperte Semmler.

„Das werden wir ja sehen", warf sich Marianne in die Brust. „Wir warten!"

Und um nicht bloß untätig mit Marianne herumzusitzen, lud Semmler sie zu einem Puzzlespiel und Leberwurstbroten ein.

28.

Walter Semmler erwachte. Die Uhr des Videorecorders stand auf 9:00 Uhr. Die Sonne war auf ihrem Weg zum höchsten Punkt am Himmel, die Vögel zwitscherten, und Semmler fühlte sich wie gerädert.

Die vergangene Nacht war er bestimmt ein halbes Dutzend Mal aufgewacht. Die eine Hälfte davon war der bevorstehenden Fahrt in die Stadt zuzuschreiben, die andere jedoch Marianne Finke, die im Schlafzimmer ruhte. Sie hatten das Puzzle fertig gelegt, und obwohl es nicht sonderlich schwierig war, hatte es dennoch so lange gedauert, dass Semmler ihr angeboten hatte, wegen der weit vorgerückten Stunde bei ihm zu übernachten. In dem Moment war ihnen beiden das sinnvoll erschienen, zumal sie am Morgen gemeinsam aufbrechen wollten.

Tante Goutiette war bis zu dem Zeitpunkt, da sie sich schlafen gelegt hatten, nicht aufgetaucht. Semmler vermutete bei sich, dass die Tante vielleicht Marianne Finkes Anwesenheit bemerkt hatte und es darum nicht wagte, um Einlass zu bitten. Am Ende irrte sie jetzt durch die laue Nacht, und diese Vorstellung verschaffte Semmler ein wenig Genugtuung. Sollte sie doch bleiben, wo der Pfeffer wächst. Sollte sie doch anderen die Ruhe rauben. Vielleicht sollte ich immer jemanden hier habe, dachte Semmler, gestand sich aber im nächsten Moment ein, dass er dazu noch nicht bereit war. Angestrengt lauschte Semmler jetzt nach einem verdächtigen Geräusch. Sein Kopf drehte sich sacht hin und her und wieder hin und her, bis er sich sicher war: Tante Goutiette war nicht da. Wie sollte sie auch ohne Schlüssel hereingekommen sein?

„Guten Morgen, Walter."

Marianne Finke stand mit zerzausten Haaren in der Tür.

„Guten Morgen", sagte Semmler.

„Hast du gut geschlafen?", fragte sie. „Oh, entschuldige, jetzt habe ich dich geduzt."

„Ach, wirklich?"

„Du bist schon wach?", fragte Marianne.

„Wir haben doch etwas vor", erwiderte Semmler.

„Sehr richtig", sagte Marianne. „Willst du zuerst ins Bad, oder ..."

„Ach, geh du zuerst."

In dem kurzen Moment ihres Zusammentreffens am Vortag hatte Frau Leibisch festgestellt, dass der neue Anzug teuer gewesen sein musste. Sie selbst kannte keine Handvoll Personen, die sich solche Kleidung leisten konnten. Semmler gehörte nicht dazu. Das hatte zwingend die Frage nach der Ursache für solchen Reichtum aufgeworfen und genauso zwingend, wie es die andere ohne direkten nachbarschaftlichen Kontakt geschafft hatte, an Semmler heranzukommen? Oder hatte er sich *sie* geangelt? Semmler? Frau Leibisch zweifelte an vielem, aber nicht an ihrer Menschenkenntnis. Semmler musste etwas gewonnen haben. Im Lotto vielleicht. Aber Frau Leibisch hatte nie einen zerrissenen Lottoschein in seinem Hausmüll gefunden.

Sie hatte sich gestern hinter ihrer Gardine postiert, nachdem Semmler sein Haus betreten hatte. Wenig später tauchte eine Frau auf. Diese schien sich unschlüssig darüber zu sein, das Haus zu betreten.

„Da ist sie", flüsterte Frau Leibisch aufgeregt und hätte liebend gerne ein Fernglas zur Hand gehabt.

„Das ist also diejenige, welche", keuchte sie heiser. „Die hat sich ihm an den Hals geschmissen!"

Frau Leibisch konnte nicht mehr hinsehen. Die Kniestrümpfe und der Schottenwickelrock der Frau vor Semmlers Haus wären Grund genug für eine kleine, private Siegesfeier gewesen. Die würde sie kleinkriegen. So eine war für Frau Leibisch lediglich Opfer, nicht Gegner. Selbst wenn Semmler bereits zum Standesamt gelaufen war. Ein bestelltes Aufgebot war schließlich noch keine Hochzeit! Und was bedeutete heutzutage schon ein Kind? Dort draußen gab es haufenweise Alleinerziehende.

Plötzlich wurde die Tür von Semmler aufgerissen. Weil in genau diesem Moment aber eine Straßenkehrmaschine vorüberfuhr, konnte Frau Leibisch nichts Genaueres erkennen. Nachdem die Maschine vorübergezogen war, waren sowohl die Frau als auch Semmler verschwunden. Die Haustür war geschlossen.

So war es gestern gewesen, und jetzt hockte Frau Leibisch hinter der Buchsbaumhecke und war trotz allem bester Dinge. Unverwandt starrte sie auf Semmlers Eingangstür, um den Augenblick nicht zu verpassen, da sie sich öffnen würde. Aha! Da traute er sich doch tatsächlich heraus. Andererseits traute Frau Leibisch kaum ihren Augen, als sie erst Walter Semmler und dahinter den Wickelrock das Haus verlassen sah. Jetzt gingen die beiden den kurzen Weg bis zum Törchen. Semmler wirkte dabei linkischer als sonst.

„Kein Wunder, mein Lieber", murmelte Frau Leibisch. „Du weißt, wer eigentlich jetzt mit dir zusammen sein müsste. Na warte."

Jetzt blieb Semmler stehen und blickte sich suchend um.

„Walter, was ist?", hörte Frau Leibisch die Frau fragen. Dabei zog sich ihr der Magen zusammen. Die duzte ihn!

„Ich habe meine Tasche liegenlassen."

„Wozu brauchst du denn eine Tasche?"

„Ohne Tasche gehe ich nie aus dem Haus. Man kann nie wissen, wozu man eine braucht. Außerdem ist da die Thermoskanne mit Tee drin."

Marianne Finke stand etwas verloren auf dem Pfad, und das zeichnete Frau Leibisch ein Grinsen ins Gesicht.

Dann kam Semmler wieder aus dem Haus heraus. Er öffnete das Törchen und ließ die Frau vorgehen.

Er schaut sie gar nicht an, jauchzte Frau Leibisch. Erst schläft er mit ihr, und dann schaut er sie nicht an! Die wird sich wie ein Flittchen fühlen. Jetzt war der Zeitpunkt gekommen. Sie kam hinter der Hecke hervor.

„Guten Morgen, Herr Semmler!"

Mit Genugtuung verfolgte sie, wie die Farbe aus Semmlers Gesicht wich. Dann warf Frau Leibisch einen abschätzigen Blick auf den Wickelrock.

„Äh … guten Tag, Frau … äh … Leibisch", haspelte Semmler. Marianne sah ihn von der Seite an und stellte sich insgeheim manche Frage.

Semmler fasste sie jetzt an der Hand und zog sie fort. Und das gab Marianne Finke wieder ein gutes Gefühl, denn das hatte etwas von gemeinsamem Fliehen.

Unmittelbar nach Semmlers Abreise tauchte eine alte Frau mit gelbem Mantel, etwas zu großer Sonnenbrille und etwas zu ausladendem Hut auf. Frau Leibisch hatte sie von ihrem bisherigen Standort nicht sehen können, und darum wusste sie auch nicht, wie lange sie bereits in der Nähe war. Die alte Frau im gelben Mantel und dem großen Hut musste jedenfalls verschwinden.

Frau Leibisch verfolgte, wie sie ein Funkgerät aus der Handtasche zog und an ihr Ohr hob. Dabei gab es einen kurzen Kampf zwischen Antenne und dem riesigen Hut, bis die Antenne den Hut auf der einen Seite leicht gelüftet in einer schrägen Position hielt. Aber ein Wortwechsel blieb aus. Das Funkgerät wanderte zurück in die Handtasche. Aufgeregt lief die alte Frau vor der Hecke auf und ab. Dann blieb sie unschlüssig stehen und starrte unverwandt zu Semmlers Haus hinüber. Langsam griff sie wieder in ihre Handtasche und zog ein eingewickeltes Butterbrot heraus. Als sie hineinbiss, fiel eine dicke Wurstscheibe auf den Gehweg. Frau Leibisch konnte sie zwischen den kurzen Stämmen der Hecke hindurch liegen sehen. Sogleich stürzten zwei Tauben vom Giebel des strunzschen Hauses herab und hackten auf die Scheibe ein. Die Frau hingegen fixierte unentwegt Semmlers Haus.

Sie musste weg von dort! Nur dann konnte Frau Leibisch ihren Plan weiterverfolgen. Er hatte schließlich gut begonnen. Semmler in Begleitung seines Liebchens zu begegnen, war ihr erster Hieb in die richtige Kerbe gewesen. Trotzdem sah sich Frau Leibisch vor die Frage gestellt, ob das wirklich die Frau war, mit der Semmler ein Kind bekommen würde. Der Frau war eine Schwangerschaft jedenfalls noch nicht anzusehen.

Frau Leibisch kehrte ins Haus zurück und fischte einen Schrubber aus dem Abstellraum unter der Kellertreppe. Im Garten lag sauber aufgerollt der Wasserschlauch. Nachdem sie den Hahn aufgedreht hatte, packte sie den Schlauch, aus dem das Wasser mangels Spritzdüse kraftlos herausquoll, und zog ihn bis auf den Gehweg aus. Jetzt hatte die alte Frau sie bemerkt.

„Vorsicht, jetzt wird es etwas nass", lächelte Frau Leibisch.

Trudi Wollenweber stand stocksteif da. Was sollte sie jetzt machen. Gleich würde die Leibisch hier alles unter Wasser setzen und den Gehweg abschrubben. Dann konnte sie hier nicht länger bleiben. Aber Agnes wäre sicherlich nicht erfreut darüber, wenn dieser Posten verlassen würde.

„Müssen Sie das jetzt tun?", fragte sie.

„Ja!", rief Frau Leibisch und presste mit Daumen und Zeigefinger das Ende des Wasserschlauches zusammen. Der zuerst feine Sprühregen zauberte einen kleinen Regenbogen in die Luft. Dann bildete sich ein harter Strahl. Der Regenbogen verschwand, und das Ende der gläsernen Schlange biss sich in die kurzen Kräuter zwischen den Steinplatten. Einige wurden sofort heraus gespült, andere hielten der ersten Attacke stand. Doch bei der blieb es nicht, und so schwammen bald herausgelöste Mineralien, Steinchen, Unkraut, Käfer und ein Teil der zerfetzten Wurstscheibe, den die Tauben nicht mehr hatten fressen können, auf Trudi zu.

Sie wich noch weiter zurück, während die Spitze des Wasserstrahls gnadenlos näher rückte. Die Steinplatten des Gehweges lenkten sie hundertfach um, und bereits jetzt sah Trudi Spritzer auf ihren Schuhen. Sie musste weichen, daran führte kein Weg vorbei. Doch wohin? Es gab keine bessere Stelle, um Semmlers Haus beobachten zu können, und wer konnte schon sagen, wie lange die Leibisch hier noch herumhantieren würde? Jetzt griff sie nach dem Schrubber. Trudi staunte.

„Sie machen das sehr ordentlich", sagte sie anerkennend.

Frau Leibisch schrubbte verbissen weiter.

„Da wird man ja sicherlich hinterher von essen können", sagte Trudi mit einem Lächeln, das zur Hälfte hinter den riesigen Sonnenbrillengläsern verschwand.

„Na, ich will dann mal wieder."

Frau Leibisch blickte kurz auf, und ein Grinsen stahl sich in ihr Gesicht, als sich Trudi zum Gehen wendete. Mit einer gezielten Bewegung ihres linken Fußes drückte sie den am Boden liegenden Schlauch an seinem Ende zusammen, der jetzt harte Strahl fuhr wie der Blitz zwischen die Mulchschichten am Fuß der Hecke, und die Gewalt des Wassers riss Erde los. Etwas davon spritzte der im Rückzug begriffenen Trudi Wollenweber in den Nacken.

„Huch!", rief sie erschrocken und fasste sich an den hinteren Haaransatz.

„Entschuldigen Sie bitte. Ich bin aus Versehen auf den Schlauch getreten. Entschuldigen Sie ..."

„Es ist ja nichts passiert", murmelte Trudi verwirrt, während sie die Schlammbrocken besah, die sie am hinteren Teil ihres Kopfes gefunden hatte. So konnte sie schon gar nicht weiter Posten stehen. Eine Frau mit Schlamm im Haar! Nein, sie musste nach Hause und sich waschen. So viel Zeit musste sein. Sie würde später, wenn Frau Leibisch sicherlich mit ihrer Reinigungsarbeit fertig sein würde, zurückkehren.

„Also, wenn Sie wollen, können Sie bei mir das Badezimmer benutzen", sagte Frau Leibisch und kam auf Trudi zu.

„Nein, nein. Es geht schon!", rief Trudi in panischem Schrecken. „Ich ... ich kommen zurecht. Machen Sie ruhig weiter. Ich wohne nicht weit von hier."

Frau Leibisch stützte sich auf ihren Schrubber und sah aufs höchste befriedigt zu, wie die alte Frau mit einer Hand im Nacken um die Ecke bog. Selbst wenn sie bald wieder zurückkehrte, bis dahin wäre der zweite Teil ihres Plans durchgeführt.

Frau Leibisch fasste sich in die Schürzentasche und zog ein gut verschnürtes Päckchen hervor. Diese kleine Bombe hatte sie vergangene Nacht gebastelt. Semmler, aber vor allem die andere, würde Augen machen.

Sie sah sich um. Die Straße war leer. Auch hinter den Fenstern der Nachbarn konnte um diese Tageszeit niemand sitzen. Keiner war krank, einige waren im Urlaub, der Rest war einkaufen. Information, das hatte sie gelernt, war Gold wert. Jetzt war sie die Herrin der Straße, zumindest solange, bis der Postbote kam.

Mit hoch erhobenem Haupt schritt sie auf Walter Semmlers Haus zu, öffnete die Eingangspforte, erreichte die Wohnungstür und ließ das Päckchen in den Briefschlitz gleiten.

29.

Gerade war ein Zug angekommen. Menschen strömten aus den Ausgängen auf den Bahnhofsvorplatz. Semmler wollte warten, bis der Strom abriss, aber Marianne zog ihn hinter sich her in das Gebäude hinein.

Durch Fenster im Dach der Halle fiel Licht auf einen Zeitungsstand und ein Stehcafé. An einer Seitenwand umlagerten Menschen einen Fahrplan. Einige suchten noch, andere schienen gefunden zu haben, was sie suchten. Semmler hörte das Rumpeln eines Zuges.

„Wir müssen in Erfahrung bringen, wann wir fahren können!", rief Marianne und drängte sich in die Menschentraube vor dem Fahrplan. Semmler blieb stehen. Er würde warten, bis sie ihn hier erlöste. Keinen Fuß würde er von hier fortsetzten.

Wenig später schälte sich Marianne aus dem Pulk heraus, und Semmler fühlte sich wie ein kleiner Hund, der sein Frauchen nach ihrer Rückkehr aus einem Laden mit unerhört viel Schwanzwedeln und Winseln begrüßte. Glücklicherweise führte er sich nicht so auf.

„Der Zug fährt in einer Viertelstunde."

Sie war eine starke Frau. Sie wusste das Leben so anzupacken, wie das Leben es verlangte.

„Ich gehe schon einmal die Fahrkarten holen", erklärte Marianne. „Vielleicht kannst du etwas für die Reise besorgen?"

„Ja, aber ..."

Sie lächelte.

„Der Zug fährt aus Gleis zwei. Ich finde dich da schon."

Sie steuerte auf eine Glasschiebetür zu. Dahinter erkannte Semmler einige Schalter wie in seiner Bank.

Etwas für die Reise besorgen. Semmlers Augen irrten umher und blieben am Stehcafé hängen. Unsicher ging er darauf zu.

„Sie wünschen?", fragte eine junge Frau mit hell rosa Schürze.

Das klang wie in seiner Bäckerei, und so suchte er in der Auslage nach Apfelberlinern. Ah, da waren welche.

„Ich nehme zwei Apfelberliner, bitte."

Die Frau steckte die gezuckerten Kringel in eine Papiertüte, und Semmler steckte die Tüte in seine Tasche. Da lag seine Thermosflasche. Man sah ihr das Alter an. Das Plastik war schon stumpf und abgewetzt. Wenn man die Trinkkappe abschraubte, kam der eigentliche Verschluss zum Vorschein, und der war schon lange bräunlich verfärbt.

„Darf es sonst noch etwas sein?"

„Nein, das ist alles", sagte Semmler. „Oder warten Sie. Haben Sie auch Getränke?"

Ihm war in den Sinn gekommen, dass Marianne vielleicht keinen Tee aus seiner alten Thermoskanne trinken wollte. Man konnte keinen teuren Anzug tragen und dann solch eine Thermoskanne hervorholen.

„Aber natürlich!"

„Zwei Flaschen Wasser", bestellte er.

Zwei Flaschen Wasser und zwei Berliner. Doppelt so viel wie sonst! Er kaufte für sich und seine Frau ein. Ja, seine Frau! Ein erhebendes Gefühl. Verstohlen blickte er zur Seite und musterte ein paar Gesichter um herauszufinden, ob es ihm anzusehen war. Möglicherweise bildete er es sich nur ein, aber er hatte den Eindruck, als würde ihm wohlwollend zugenickt.

„Ist das alles?", fragte die Frau.

War es das? Wenn er schon einmal hier war, dann konnte er doch auch genauer hinsehen. Es gab hier auch Eis. Wie lange hatte er keines mehr gegessen? Solche Eissorten hatte es damals nicht gegeben. Außerdem hatte er damals wohl kaum mehr als ein paar Pfennige dafür gezahlt. Die Preise auf der Tafel waren mindestens zehnmal so hoch.

„Ich hätte gerne auch zwei Eis", sagte er.

„Welches hätten Sie denn gern?"

Semmler zuckte mit den Schultern.

„Milcheis oder Wassereis?", fragte die Frau.

„Milcheis. Das ist dann wenigstens noch gesund, nicht wahr", lachte Semmler.

„Wenn Sie das glauben, nehmen Sie dieses hier. Das wird immer gerne genommen", sagte die Frau und reichte Semmler zwei kalte, golden glitzernde Blöcke.

„Macht sechs Euro dreißig."

Semmler warf noch einen Blick in den verglasten Schalterraum, entdeckte Marianne Finke in einer Schlange, aber er entschied, sie dort nicht zu stören. Er würde aber auch nicht zu Bahnsteig zwei gehen oder vielmehr irren. Stattdessen setzte er sich auf eine Bank.

Die metallen schimmernde Folie, in die das Eis eingepackt war, ließ sich erstaunlich leicht einreißen. Ein Holzstiel kam zum Vorschein. Semmler zog an dem

Stiel ein immens großes Stück Schokolade aus der Hülle und betrachtete es ausgiebig. Es dampfte vor Kälte. Eine Reifschicht bildete sich auf dem kalten Klotz. Vorsichtig leckte er über die Schokoladenummantelung, aber das war unbefriedigend. Also biss er herzhaft hinein. Knackend brach der Schokoladenpanzer, und Semmler spürte die Kälte des Eisklotzes, wie sie sich in seine Schneidezähne fraß. Ein Schokoladensplitter in Briefmarkengröße löste sich von der Eismasse und fiel zu Boden, wo er in kleinere Einheiten zersprang. Semmler starrte auf sie hinab. Ein Schatten huschte dicht über seinen Kopf hinweg. Die Taube hatte den Splitter hinabfallen sehen und würgte sich Bruchstück für Bruchstück in den Kropf.

Semmler wurde ärgerlich. So hatte er sich das nicht vorgestellt. Vor ein paar Tagen hatte er einem Hund seine Nahrung überlassen müssen. Diesem Tier hier würde er keine zweite Chance geben. Er legte sein Eis auf das, welches er für Marianne gekauft hatte und begann, die Hülle, in die sein Eis verpackt gewesen war, vorsichtig der Länge nach aufzureißen. Dann faltete er die Metallfolie sorgfältig auseinander und legte sie sich auf die freie Hand. Nun wird nichts mehr schiefgehen, dachte er.

Während er weitere Stücke aus dem Eis heraus biss, hielt er sich die ausgebreitete Hülle unter das Kinn. Jetzt störte es nicht mehr, wenn Schokoladensplitter abbrachen. Sie fielen alle auf die Hülle. Schadenfroh verfolgte er, wie die Taube zu seinen Füßen hin und her watschelte und ihn dabei nicht aus den Augen ließ.

„Ich habe die Karten!"

Semmler schreckte zusammen. Marianne schwenkte zwei Fahrkarten.

„Ah, Eis."

„Ja, ich dachte, du magst das vielleicht."

„Walter, wir müssen los", sagte Marianne Finke, und war glücklich.

Die hoch aufgeschossene, alte Frau am Zeitschriftenständer war ihnen nicht aufgefallen.

30.

„Elster an Horst, Elster an Horst, bitte kommen!"

„Was?"

„Das Küken ist um 9:45 Uhr ausgeflogen!"

Agnes Semmler saß in ihrem großen Ohrensessel vor einer Tasse Kaffee und starrte auf das Funkgerät in ihrer Hand.

„Trudi, lass den Quatsch. Wir haben es jetzt 10:02 Uhr. Deine Meldung kommt etwas spät. Was genau ist passiert?"

„Ich habe das Funkgerät nicht zum Laufen gebracht. Und dann musste ich meinen Posten verlassen, weil die Leibisch unbedingt den Weg ..."

„Hat Walter dich bemerkt?"

„Ach was, ich habe mich verkleidet", kicherte Trudi. „Ich habe meinen gelben Mantel angezogen, dann meine große Sonnenbrille aufgesetzt, du weißt schon, die aus Mallorca, und außerdem habe ich ..."

„... diesen lächerlichen Schlapphut auf", vollendete Agnes Semmler den Satz.

Es knackte im Funkgerät und Trudi meldete sich erneut.

„Ich habe ihn erst gar nicht erkannt."

„Wieso? War er etwa auch verkleidet?", fragte Agnes Semmler belustigt.

„Ja, in der Tat! Er hatte einen unglaublich teuren Anzug an. Also so einen habe ich bisher nur bei einer

Handvoll Leuten gesehen, und das war damals, als ich selbst noch ..."

„Einen neuen und teuren Anzug hatte er an?"

„Ja, also er sieht wirklich gut darin aus, und dann die Frau, die er dabei hatte ..."

„Eine Frau? Was für eine Frau? Etwa die Leibisch?", rief Agnes Semmler.

„Ganz feiner Stoff muss das sein, so einer, wie ..."

„Zum Donnerwetter, was war das für eine Frau?", rief Agnes Semmler unbeherrscht.

„Ach so, die kannte ich nicht."

„Wo gingen die beiden hin?"

„Oh, ich bin ihnen nicht gefolgt, weil ich doch auch so erstaunt war, ihn so zu sehen. Und dann waren meine Haare ... aber dieser Anzug ... todschick!"

Agnes Semmler sank in ihren Sessel zurück. Trudi war eine dumme Gans! Kaum kam einer im Anzug daher, schon drehte sie durch.

„Trudi?"

„Ja, Agnes!"

„Bleib wo du bist, und sag mir, wenn Walter wieder zurückkommt. Ende und aus!"

Eigentlich konnte Agnes Semmler sehr zufrieden mit sich sein. Sie hatte es geschafft, in kurzer Zeit einen Plan auszuarbeiten, mit dessen Hilfe sie in der Lage war, Walter überall aufzuspüren. Selbst die Beschaffung der Funkgeräte hatte keine Mühe dargestellt, denn sie hatte nach dem Krieg ein halbes Dutzend davon in einem zerbombten Haus gefunden und für später in ihrem Keller versteckt. In wenigen Minuten musste sich der nächste Kontrollposten melden. Wenn

Walter nicht zur Arbeit ging, was tat er dann eigentlich, wenn er nicht zu Hause blieb oder bei ihr vorbeikam? Warum hatte sie das eigentlich nicht schon früher interessiert? Hatte sie am Ende vielleicht einen Fehler gemacht? Nun war er mit einer ihr unbekannten Frau in neuen, teuren Kleidern unterwegs. Glücklicherweise hatte sie Frida an der großen Kreuzung postiert.

„Agnes, bitte kommen!", hörte sie die hektische Stimme von Frida Hempel.

„Was gibt es, Frida!"

„Walter ist gerade mit einer Frau an der Bäckerei vorbeigekommen. Und, ich weiß gar nicht, was ich dazu sagen soll, er hatte einen unglaublich tollen Anzug an!"

Agnes Semmler verdrehte die Augen. Diese alten Frauen waren wirklich kein bisschen professionell.

„Was ist das für eine Frau, und ..."

Sie überlegte scharf. Frida sollte doch eigentlich an der großen Kreuzung stehen. Aber die Bäckerei war bereits in einer der Querstraßen!

„Frida?", fragte sie.

„Ja?"

„Wie schmeckt denn der Kuchen?"

„Sehr gut. Heute hatten sie was im Angebot ... oh, Agnes, entschuldige, aber ..."

„Wir können von Glück reden, dass Walter dorthin gegangen ist. Mehr Konzentration meine Damen!"

Von Frida war nichts zu hören.

„Frida?"

„Hier."

„Wo ist Isolde?"

„Die steht vor der Bank."

„Versucht herauszufinden ..."

„Sehr merkwürdig."

„Was ist sehr merkwürdig."

„Stell dir vor. Gerade sehe ich Familie Strunz im Auto vorüberfahren. Müssen wohl früher aus dem Urlaub zurück sein."

Agnes Semmler holte tief Luft.

„Und wenn Nackte mit Elefantenohren vorbeikommen ... du findest mit Isolde heraus, was Walter und die Frau machen, und vor allem, wer die Frau ist."

„In Ordnung Agnes. Kannst dich auf uns verlassen. Ich könnte Isolde ja mal anfunken, oder?"

„Ende und aus."

Agnes Semmler erhob sich aus dem Sessel. Der Kaffee forderte seinen Tribut. Während sie die blassrosa Fliesen anstarrte, überlegte sie, wo Walter hingegangen sein könnte. Obwohl es gar nicht so viele Möglichkeiten gab, hatte er die Detektivinnen in kürzester Zeit abschütteln können. Diese fremde Frau! Hatte sie von Walter Besitz ergriffen? War sie am Ende clever? Vielleicht noch mehr als sie selbst es war? Wenn ja, dann konnte sie sich sehr gut vorstellen, was passiert war. Walter hatte einen neuen Anzug. Einen neuen, teuren Anzug, wenn sie den Schilderungen der beiden *Detektivinnen* Glauben schenken konnte. Doch wenn das stimmte, dann musste Walter an Geld gekommen sein. An Geld, das sie ihm nicht gegeben hatte! Mit einer dunklen Ahnung beendete sie ihre Sitzung. Sie griff sich ihre Handtasche und wühlte darin herum. Dann schüttete sie den gesamten Inhalt auf den Tisch. Die Kreditkarte fehlte!

Als sie sich in den Ohrensessel fallen ließ, knackte es wieder im Funkgerät.

„Mayday, Mayday!"

„Was gibt es Isolde?"

Es knackte erneut.

„Agnes, hier ist Frida! Walter muss die Straße am Rathaus vorbei genommen haben. Ich habe gerade mit Isolde ...", meldete sich Frieda völlig aufgelöst.

„Ruhe, Frida!", brüllte Isolde Römer. „Walter hat mit einer Frau einen Zug in die Großstadt genommen!"

Agnes Semmler brauchte einen Schluck Cognac.

31.

Sie fanden ein leeres Abteil. Marianne Finke setzte sich ans Fenster und blickte Semmler voller Erwartungen an. Der wusste hingegen nicht recht, welchen Platz er wählen sollte. Einerseits zog es ihn auf den Sitz direkt gegenüber, andererseits würde ihn dort die Sonne blenden. So stand er eine Weile unschlüssig in der Tür des Abteils, bis ein nachfolgender Fahrgast ihn unsanft in den Rücken stieß und damit auf den mit Zweifeln belegten Platz.

„Tschuldigung ", murmelte der Mann, der sich direkt neben Marianne Finke in die Polster fallen ließ.

„Ist schon in Ordnung", stammelte Semmler und blickte auf seine Füße, die unter die Kante der Heizungsabdeckung gerutscht waren und die harte, schwarze Schale einer Banane hervorgeschaufelt hatten.

„Fahrn Sie auch zum Spiel?", fragte der Mann.

„Ein Spiel?"

„Klar, Mann! Der SC spielt doch! Weiß jeder."

Erst jetzt bemerkte Semmler den feinen Geruch eines alkoholischen Getränkes und auch, dass sich Marianne in ihre Ecke des Abteils drückte.

„Sie sind wohl kein Fan, wie? Na, macht nix. Auch nen Schluck?"

Der Mann hatte in seine Jacke gegriffen und eine flache Flasche hervorgezogen, die er aufschraubte und Semmler herüberreichte.

„Aber spielt der SC denn nicht erst heute Abend?", warf Marianne Finke zwischen die Flasche und Semmlers zögernde Hand.

„Hey, die Dame weiß Bescheid! Aber sicher. Trotzdem kann man doch schon mal einen vorglühn, oder was?"

„Tun Sie sich keinen Zwang an", sagte Marianne Finke und warf Semmler einen ihm unbekannten Blick zu.

„Genau! Einen für mich ... einen für dich und einen für dich."

Der Mann nahm jedes Mal einen kräftigen Schluck. Beim letzten plemperte er etwas über sein T-Shirt.

Semmler starrte aus dem Fenster. Die Gesellschaft dieses Fans war ihm unangenehm und er wünschte keine weitere Unterhaltung. Die Fahrt sollte etwa eine halbe Stunde dauern, und diese Zeit würde Semmler dazu benutzen, sich seinen Gedanken hinzugeben, den Blick über die vorbeiziehende Landschaft streichen zu lassen und ab und zu ein Lächeln zu Marianne Finke hinüberzusenden.

Ein eingefahrener Zug verstellte ihm die Sicht auf den Bahnsteig gegenüber. Stechender Geruch drang ihm in die Nase, und er ordnete ihn dem weit geöffneten Müllbehälter zu, aus welchem zerdrückte Getränkedosen hervorlugten. Semmler versuchte sich anders hinzusetzen, aber die Stufe unter dem Fenster und die ausgestreckten Beine des Fans begrenzten seine Möglichkeiten.

Fast unmerklich fuhr der Zug an, schob sich am Nebenzug vorbei, wurde immer schneller und machte Semmler deutlich, dass er mit dem Rücken in

Fahrtrichtung saß. Semmler sehnte das Ende der Waggonreihe herbei, um wenigstens noch einen Blick auf den Bahnhof und die Landschaft werfen zu können. Aber als das Ende schließlich an ihm vorbeischoss, zog es ihm die Gedärme zusammen und er fühlte sich wie ins Gesicht geschlagen. Sie waren keinen einzigen Meter gefahren, vielmehr war der Nebenzug auf seinem Weg in die weite Welt.

Marianne Finke blieb gelassen. Offenbar war ihr dieses Phänomen bereits vertraut.

Ein Pfiff gellte, und augenblicklich setzte sich auch ihr Zug mit einem Ruck in Bewegung. Semmler blickte wieder aus dem Fenster, entschlossen, nicht wieder einer Täuschung zu erliegen. Aber jetzt fuhren sie wirklich.

Der Zug hielt an jeder Station. Diese Fahrt ähnelte seinem eigenen Bemühen, Licht in das Dunkel zu bringen. Auch dort kam er nur langsam vorwärts. Einzig beruhigend bei diesem Vergleich war die Tatsache, dass der Zug schließlich ankommen würde.

Ein Insekt flatterte plötzlich sehr nahe an Semmler heran und landete unmittelbar vor ihm am Fenster. Blitzschnell scheuchte Semmler es fort. Ein staubiger Belag blieb am Fenster und seinen Fingern zurück. Angewidert wischte er sich seine Hand an der Hose ab.

Die Fahrt verlangsamte sich wieder. Draußen bemerkte Semmler gelbe Blumen, wie sie sich aus dem grau, braun Schotter des Bahndamms drängten. Ein Kaninchen hockte reglos zwischen den Schwellen eines Abstellgleises und ein Fasan stand wie ausgestopft am

Rande einer Wiese. An einer Schranke warteten Autos und eine alte Frau mit ihrem Fahrrad.

Sie legten wieder an Geschwindigkeit zu. Kleine Gärten mit kümmerlichen Gemüsepflanzen huschten vorüber und Semmler fragte sich, wer dort ernten mochte.

Tief hängende Zweige peitschten den dahinrasenden Stahlkörper des Zuges. Semmler prallte zurück. Als er merkte, dass ihm nichts passieren würde, gewöhnte er sich daran.

Der Zug schaukelte, zitterte, rollte und in ungleichmäßigen Abständen gellte ein Pfiff in die Landschaft.

„Noch jemand zugestiegen?"

Groß und blau stand der Schaffner in der Tür. Semmler schaute zu Marianne Finke. Ihm kam in den Sinn, dass er es bisher versäumt hatte, einen Blickkontakt zu suchen, der nicht in irgendeinem Zusammenhang mit den Geschehnissen im Abteil stand. Er schämte sich.

Marianne Finke nestelte in ihrer Tasche nach den Fahrkarten. Mit einer routinierten Bewegung drückte der Schaffner mit einer Art Zange seinen Stempel darauf. Dann wendete er sich dem Fan zu, der verzweifelt in seinen Taschen wühlte.

„Und Sie?"

„Ich hatte sie doch ... Moment ... also das gibt's doch gar nicht ..."

„Wo wollen Sie denn hin, wenn ich fragen darf?"

„Na, zum SC-Spiel ... ah, da ist sie ja."

Er zog einen zerknautschten Fahrschein hervor, und nachdem der Schaffner gegangen war, grinste er Semmler an, drehte seinen Kopf zur Seite und schloss die Augen. Wenig später erfüllten leise Schnarchgeräusche das Abteil.

„Sollen wir nicht woanders hingehen?", flüsterte Marianne Finke.

„Ach was. Jetzt schläft er ja, und wir sind doch wohl bald da", meinte Semmler.

„Du hast Recht."

Sie lächelte ihn an und Semmler fühlte sich sehr wohl. Wie gut, dass sie da war. Allein hätte er sicherlich nicht diesen Weg eingeschlagen.

„Es ist also nicht weit vom Bahnhof bis zur Bibliothek?", fragte er.

„Ein Katzensprung."

„Schön, dass es auch kurze Wege gibt", meinte Semmler und suchte in seinem Kopf nach noch anderen Fragen, die er stellen könnte.

„Willst du vielleicht etwas zum Essen?", fragte er.

„Gerne. Was hast du denn?"

Semmler zog die Tüte mit den Apfelberlinern hervor, Marianne fischte sich einen davon heraus und biss hinein.

„Die sind ganz schön klebrig, nicht wahr?"

„Ich esse die ja sehr gerne. Einmal habe ich sogar vier hintereinander gegessen", erzählte Semmler.

„Vor allem bleibt der ganze Zucker immer auf den Lippen", meinte Marianne Finke.

„Willst du vielleicht auch etwas trinken?", fragte Semmler.

„Ja, ich könnte jetzt gut einen Schluck trinken."

Glücklich, doch noch etwas tun zu können, reichte Semmler ihr eine Wasserflasche. Die andere trank er selbst aus. Dann war er wieder an einem toten Punkt angelangt.

Sein Blick wanderte vom lächelnden Gesicht Marianne Finkes hinüber zu dem schlafenden Säufer. Dieser Mann hatte vor, ein Spiel des SC zu besuchen. Möglicherweise war es nicht das Erste, und bestimmt nicht das Letzte. Irgendwie führten andere Menschen ein befremdliches Leben. Wenn dieser Mann hier SC-Spiele besuchte, was taten dann andere Menschen? Nicht jeder versuchte, etwas über eine seltsame Tante herauszufinden. Nicht jeder legte Puzzle, und vielleicht waren manchen Leuten die Rollläden nicht so wichtig. Ihm selbst waren sie in den letzten Tagen auch etwas aus dem Blickfeld gerückt. Zumindest ein Mal hatte er sie nicht zur vorgesehenen Zeit bewegt. Aber das hatte sich beinahe harmonisch, wenn er diesen Ausdruck überhaupt gebrauchen konnte, in seinen Ablauf eingefügt. Es war nicht anders gegangen und schon gar nicht zu ändern gewesen. Irgendwie war überhaupt nichts zu ändern gewesen.

Er sah an sich herunter. Was war er doch elegant!

Er blickte zu dem schlafenden Mann hinüber.

Der Fan war alles andere als elegant. Vor allem war er unrasiert. Nase und Wangen durchzogen feine Äderchen. Sein Hemd war am Kragen abgewetzt und die Jacke stand vor Dreck. Das war Semmler vorher nicht aufgefallen, obwohl er doch jetzt so etwas wie Erfahrung in Bezug auf Kleidung hatte. Die Schuhe waren in etwa so modern wie die, die Semmler im Kaufhaus zurückgelassen hatte, und die Hose seines Gegenübers beulte sich an den Knien. Aber halt! Irgend etwas veränderte sich. Er wusste erst nicht, was es war, aber dann ... Ein bloß Stecknadelkopf großer Fleck auf der

Hose des Mannes wuchs zusehends. Bald hatte er die Größe einer Hand. Und dann war der ganze linke Oberschenkel des Mannes vom Schritt abwärts ein einziger nasser, stinkender Fleck. In den Alkoholdunst mischte sich jetzt ein weiterer Geruch. Semmler konnte es nicht fassen.

„Riechst du das auch?", fragte Marianne Finke mit einem Naserümpfen.

Semmler nickte. Er starrte den Mann an.

„Der Mann hat sich in die Hose gemacht", sagte Semmler verdattert.

„Ach du lieber Himmel!", rief Marianne Finke und raffte ihre Sachen zusammen.

„Aber wir können ihn doch nicht einfach so liegen lassen. Wir müssen ihn wecken und auf die Toilette bringen", meinte Semmler, dem aufging, wie peinlich es für ihn selbst wäre, in solch einer Situation zu stecken.

„Wir müssen aussteigen. Ich werde dem Schaffner Bescheid geben."

Marianne Finke stürzte hinaus. Semmler jedoch beugte sich über den Mann und rüttelte ihn. Doch die Reaktion war eine unwirsche Bewegung des Armes des Mannes, die auf dem Polster des Sessels begann, eine schmerzhafte Pause in Semmlers Gesicht machte, um dann wieder auf die Polster zu fallen. Semmler beruhigte sich mit dem Gedanken, dass es sicher keine Absicht gewesen war, und so startete er einen zweiten Versuch.

„Wassn los", knurrte der Mann

„Sie müssen aufstehen, denn Sie haben sich ..."

„Hä?"

„Nun, Sie haben sich ... sie haben sich in die Hose gemacht."

Semmler wurde rot. Der Mann blickte an sich hinunter.

„Tatsächlich. Ach du Scheiße!"

„Ist ja nicht so schlimm ... wenn ich Ihnen zur Toilette helfen kann ..."

„Pack mich nich an, Mann!"

„Aber ich wollte doch nur ..."

„Beklauen wolltesse mich, ich kenn das!"

„Aber nein!"

„Erst beklauen, dann Wasser über die Hose, dann zugucken, wie man zum Klo rennt, und dann verpissen ... aber nich mit mir!"

Semmler war sprachlos. Hilflos blickte er zur Tür. Marianne war schon weg, und so hatte er keinen Zeugen.

„Und das Frauenzimmer steckt wohl mit dir unter einer Decke, was?"

Der Mann suchte an sich herum.

„250 Euro hatte ich dabei ... und wo sind die jetzt?"

„Ich weiß nicht, wovon Sie reden?"

Da packte ihn der Mann am Kragen und sein Atem schlug Semmler ins Gesicht.

„Rück es raus, sonst setzt es was!", brüllte er.

Semmler bekam Angst. Er saß in der Falle. Weit und breit war niemand da, der ihm helfen konnte. Vielleicht sollte er um Hilfe rufen, aber der Mann drückte ihn dermaßen stark am Hals, dass er diese Möglichkeit getrost vergessen konnte.

„Lassen Sie mich los", keuchte Semmler.

„Erst wenn ich mein Geld wiederhabe."

In seiner Not drehte Semmler seinen Oberkörper mit einer scharfen Wendung und fegte den Mann damit von sich weg in die Ecke des Abteils, in der Marianne Finke zuvor gesessen hatte. Semmler riss die Tür auf, aber nicht weit genug, so dass er mit Nase und Brillengestell dagegen schlug und stürzte in den Gang.

Schon nach ein paar eiligen Schritten trat eine verspätete, aber darum nicht weniger unangenehme Wirkung durch den Kontakt mit der Abteiltür ein.

Hellrotes Blut rann Semmler aus der Nase und über den Mund. Semmler drückte mit seinem Taschentuch um die Finger die Nasenflügel zusammen und stolperte mit gesenktem Kopf den Gang entlang. In dieser Haltung war er gezwungen, über dem Rand seiner verbogenen Brille hinweg zu äugen. Das, was er von seiner Umgebung erkannte, war daher mehr als dürftig. Eine bunt getupfte Masse verstellte ihm den Weg.

„Lassen Sie mich durch, ich muss aussteigen", jammerte Semmler.

„Das müssen wir alle ... He! Sie bluten ja", hörte er eine Frau rufen.

„Oma, muss der Onkel jetzt sterben?", piepste es von unten.

„Nein, Sofie. Wir bringen ihn zur Toilette. Kommen Sie."

Semmler fühlte sich an den Schultern durch die Menge geschoben. Dann schwang eine blaue Wand zur Seite.

„So, da wären wir. Kommen Sie zurecht?"

„Aber ich muss aussteigen!", rief Semmler. „Und da hinten sitzt einer im Abteil, der hat sich in die ..."

Früher hatte er oft Nasenbluten gehabt. Vor allem in der Pubertät, und so wusste Semmler ganz genau, dass das, was die Frau da tat, gut für ihn war. Sie riss einige Blätter Klopapier ab, zumindest hatte sie das wohl tun wollen, aber es wurde eine lange Fahne daraus, weil sich die Rolle nicht aufhörte zu drehen.

„Herrjemine", rief sie, „wenn es mal schnell gehen muss."

„So machen Sie doch", keuchte Semmler. Er spürte, wie der Zug zum Halten kam. Aber da hatte ihm die Frau auch schon einen feuchten, kühlen Kloß in den Nacken gedrückt. Augenblicklich hörte es auf zu bluten. Das blutige Taschentuch steckte er sich in die Hosentasche.

Semmler wankte auf die geöffnete Waggontür zu. Um seinen Blutdruck nicht unnötig in die Höhe zu treiben, kletterte er vorsichtig auf den Bahnsteig hinunter. Ein Gedanke schoss ihm durch den Kopf. Vielleicht würde der Fan ebenfalls aussteigen! Semmler beschloss, nicht allzu auffällig herumzustehen und außerdem hielt er es für geschickter, nicht mit seinem Taschentuch umher zu winken, wie er es ursprünglich vorgehabt hatte. Er verbarg sich hinter einer Werbetafel. Durch eine Lücke zwischen der Tafel und ihrem Rahmen sah er seine Mitreisenden an sich vorüber strömen. Jetzt stellte sich jemand mit seinem Rücken direkt vor die Lücke. Semmler wollte gerade weitergehen, als dieser Jemand seinen Kopf wendete. Es war der Fan! Semmler machte sich klein, schlich hinter eine Wagenstandanzeigetafel, und als sich der Fan der Treppe zuwendete, die vom Bahnsteig hinab in einen dunklen Schacht führte, huschte Semmler noch schnell hinter einen Würstchenstand. Vorsichtig äugte er unter dem Arm der Würstchenverkäuferin hindurch.

Der Bahnsteig war jetzt sehr überschaubar. Kein Fan, keine Marianne Finke. Semmler fühlte sich erst erleichtert, dann verlassen. Was sollte er tun? Vielleicht sollte er es einfach wagen, wie die vielen anderen zuvor, ebenfalls diese Treppe hinunter zu gehen. Dort könnte er auf Marianne warten, oder sie wartete ihrerseits bereits auf ihn. Er fasste neuen Mut.

Als er auf der obersten Treppenstufe stand, schlug ihm der Geruch von schwitzenden Menschen, Pommes frites und Toilettensteinen entgegen. Beherzt stieg er die Treppe hinab, aber als er an ihrem Fuß anlangte, musste er sofort einer Horde Menschen ausweichen, was ihn an die Wand eines breiten Ganges zwang. Weitere Menschen stürzten auf ihn zu und blieben direkt vor ihm stehen, um irgendetwas in seinem Rücken zu betrachten. Es war ein Fahrplan. Semmler wurde nun leicht panisch. Hier musste er so schnell wie möglich raus! Dort hinten konnte er Tageslicht schimmern sehen. Sogar ein Stück Himmel war zu erkennen. Ohne sich noch weitere Gedanken über die eingeschlagene Richtung zu machen, eilte er darauf zu, und als er die jetzt verhältnismäßig saubere Luft einatmete, fühlte er sich schon bedeutend besser. Aber noch immer wogte, plapperte und scharrte es.

Eine Ampel forderte ihn zum Überqueren einer Straße auf, ein dahin brausender Lastwagen scheuchte ihn in eine Seitenstraße, eine Kehrmaschine drückte ihn in eine andere, bis er endlich in einer schmalen Gasse eine einsame Bank fand. Semmler ließ sich niedersinken.

Endlich Ruhe, endlich konnte er wieder klar denken. Doch wo war er?

32

Marianne Finke war zwar auch von den Massen am Bahnhof mitgerissen worden, hatte sich aber vor dem Haupteingang neben einer Kartoffelpufferbude gezielt nach Semmler umsehen können. Eine Weile hatte sie dort gestanden und gewartet. Sicherlich würde er gleich kommen!

Sehnsüchtig versuchte sie die Menge mit Blicken zu durchdringen, aber von Semmler fehlte jede Spur. Eine Unruhe stieg in ihr hoch, die mit derjenigen vergleichbar war, als jener andere damals in einem weit entfernten Land verhaftet worden war. Seine verzweifelten Briefe hatte sie nicht nur wegen der Tränen in den Augen kaum entziffern können, sondern auch, weil die Buchstaben sehr unsauber geschrieben waren. Sie würden ihn foltern, und nur mit Mühe habe er diesen Brief abschicken können. Damals hatte sie unglaublich viel Geld an ihn geschickt. Es war zwar nicht so viel gewesen, wie er jetzt forderte, aber es war doch mehr, als sie übrig gehabt hatte. Und nun war da wieder dieses Gefühl. Semmler musste etwas Entsetzliches zugestoßen sein. Sie spürte den bohrenden Schmerz der Einsamkeit und Verlassenheit in sich.

Sie trat an einen Informationsschalter. Der Bahnbedienstete war ein Herr im fortgeschrittenen Alter, der ihr sein gemütliches Gesicht kurz zuwendete.

„Würden Sie mir bitte ...”

„Einen Moment, ich bin gleich soweit.”

Erst jetzt registrierte Marianne Finke, dass der Mann etwas auf einem Computerbildschirm verfolgte.

Er drückte auf eine Taste.

„So, bitte.”

„Also, ich suche jemanden, der mit mir hierher gefahren ist. Aber jetzt ist er verschwunden, und ich weiß nicht, wo er geblieben ist. Vielleicht ...”

„Wünschen Sie, dass ich den Herrn ausrufe?”

„Ja, wenn das möglich ist?”

„Aber sicher ist das möglich. Wenn Sie mir den Namen desjenigen sagen, bitte.”

„Walter Semmler.”

„Achtung, eine Personendurchsage. Herr Walter Semmler! Herr Walter Semmler! Bitte melden Sie sich beim Service-Point in der Eingangshalle! Sie werden dort erwartet!”, raunte der Mann in ein Mikrofon. Marianne Finke war es etwas mulmig, und sie hatte den Eindruck, dass alle um sie herum auf sie blickten. Bestimmt ahnten sie, dass sie ein Verhältnis mit Walter Semmler hatte. Aber sie war schließlich eine erwachsene Frau, und so wollte sie sich auch benehmen. Walter sollte hier kein verängstigtes Mädchen vorfinden, sondern einen Menschen, mit dem man sein Leben meistern konnte. Also stellte sie sich kerzengerade in die Nähe des Schalters und wartete. Walter kam nicht.

„Würden Sie so freundlich sein und es noch einmal versuchen?”

Erneut durchdrang die Aufforderung das Bahnhofsgelände.

Plötzlich strichen ihre Augen immer wieder über denselben Punkt, kamen wieder davon los, strichen wieder darüber und blieben schließlich ungläubig aber unerbittlich darauf liegen.

Dieser Mann dort, der sich gerade etwas zum Trinken an einem Schnellimbiss kaufte, der jetzt beiläufig in ihre Richtung schaute, dann das Getränk entgegennahm, dann plötzlich wieder zu ihr hinblickte, verschreckt, wie ein feiger Hund, der sich jetzt versuchte hinter seinem Jackenkragen zu verbergen und hastig in Richtung Gleise stolperte, müsste eigentlich irgendwo in einem asiatischen Nest gefoltert werden! Das oder zumindest etwas Ähnliches hatte er ihr schließlich vor noch nicht allzu langer Zeit selbst geschrieben.

Marianne Finke zitterte. Diese Folter würde sie jetzt gerne selbst übernehmen. Aber sie war so zornig, dass sie sich noch nicht einmal bewegen, geschweige denn etwas sagen konnte. Sie stand kurz davor, in ihre Einzelteile zu zerplatzen.

„Ist Ihnen nicht gut?"

Das, was die besorgte junge Frau in Marianne Finkes Augen zu sehen bekam, als die sich ihr blitzartig zuwandten, war ohne Zweifel ein direkter Blick in den lodernden Schlund der Hölle mit einer kleinen, schwarzen Silhouette eines hineinstürzenden Mannes darin. Dazu zischte Marianne Finke:

„Mir geht es sehr, sehr gut".

33.

Semmler umringten stumme, hohe Häuser und sie schienen ihn aus gardinenverhangenen Fenstern anzustarren. In seinem Rücken wuchs eine Hecke im Halbschatten. Plötzlich raschelte es. Semmler fuhr herum, atmete aber erleichtert auf, als er ein Eichhörnchen entdeckte. Der kleine Nager suchte eifrig den Boden ab. Semmler lächelte. Selbst in dieser großen Stadt gab es also noch ein Stück heiler Natur. Hatte er vielleicht noch etwas vom Apfelberliner übrig? Semmler suchte in seinen Anzugtaschen, aber er fand nichts. Aber nicht nur der Apfelberliner fehlten ihm hier. Seine Brieftasche war verschwunden!

Semmler wurde es flau. Der Fan hatte ihn bestohlen. Oder die freundliche Frau. Oder etwa das Kind? Sein Pass, sein Geld, die Kreditkarte, das Bild seiner Mutter – alles war weg! Semmler drehte die Thermoskanne auf und nahm einen kräftigen Schluck. Der Tee war sogar noch etwas warm und schön süß.

Marianne war sicher am Bahnhof und versuchte, ihn zu finden, und er saß hier im Irgendwo. Warum war er nicht zu Hause geblieben?

Semmler sank der Kopf in die Hände. Er hätte heulen können und war sich sicher, dass er jetzt den Anblick eines Schornsteinfegers dringend brauchen könnte.

„Hallo?"

Semmler blickte in der Hoffnung auf, einen Schornsteinfeger zu erblicken. Aber obwohl das, was er sah, ebenfalls von Kopf bis Fuß schwarz gekleidet war, so war es dennoch nicht das Erhoffte. Vor ihm stand eine junge Frau.

„Was ist los mit dir?"

Die Frau setzte sich neben ihm auf die Bank und schlug die Beine übereinander. Es waren sehr schöne Beine, und das Gesicht der Frau war auch sehr schön.

„Ist dir nicht gut?"

„Es geht schon ... es ist nur ..."

„Du siehst aus, als hättest du eins auf die Nase bekommen und dich dann verlaufen", sagte die Frau.

„Nun ja, da war dieses Gedränge, und ich bin schließlich hier gelandet."

„Wo willst du denn hin?"

„Zum Bahnhof ... oder zur Bibliothek."

Die Frau lächelte.

„Hier, trink erst mal einen."

Sie hob den kurzen Rock und zog ein Fläschchen aus ihrem Strumpf, der bis gut über die Hälfte des Oberschenkels reichte. Semmler stockte der Atem.

„Na, nun trink", ermunterte ihn die Frau.

Zögernd griff Semmler nach dem Fläschchen. Nachdem er die scharfe Flüssigkeit hinuntergekippt hatte, wurde ihm etwas warm. Er nahm noch einen Schluck. Jetzt breitete sich ein leichter Schwindel in seinem Kopf aus.

„Hee, nicht so gierig", lachte die Frau. „Ich bin Rita."

„Sehr angenehm. Ich heiße Semm ... Walter."

„Ah, Gauthier."

Semmler stutzte.

„Nein, ich heiße Walter."

„Aber Gauthier, das ist doch das Gleiche. Nur französisch. Du sprichst kein französisch?"

„Nicht dass ich wüsste", entgegnete Semmler. Der neue Name hatte verdächtig viel Ähnlichkeit mit dem von Tante ...

„Gauthier, Gauthier! Ich glaube, du brauchst eine kleine Aufmunterung."

Semmler war sich sicher, dass er eine kleine Aufmunterung brauchte. Aber was hatte diese Frau damit zu schaffen. Es tat zwar gut, wenn sie ihre Hand auf sein Bein legte ...

„Ich wurde bestohlen", ächzte Semmler, denn ihre Hand hatte jetzt weit intimere Bereiche seines Körpers erreicht.

„Aber sie haben doch wohl nicht alles gestohlen", lächelte Rita.

„Doch, doch ..."

„Sollen wir zwei nicht woanders hingehen? Ich wohne hier gleich um die Ecke."

„Aber ... ich muss den Dieb finden, und ich muss Marianne finden, und ich will ..."

„... ich will auch", flüsterte Rita ihm ins Ohr, so dass Semmlers Unterleib in helle Aufregung geriet.

„Und um dein Geld mach dir keine Sorgen. Wer so einen tollen Namen hat und noch dazu solch einen Anzug trägt, der hat bei mir einen Bonus."

Sie erhob sich.

„Du solltest dich erst einmal waschen, denn du willst doch sicher ordentlich aussehen, oder? Ich werde dir auch den Weg zum Bahnhof zeigen ... oder zur Bibliothek."

Sie zog Semmler von der Bank hoch, und der hatte ihrer Fürsorge nichts mehr entgegenzusetzen.

Rita führte ihn um eine Ecke, an der sich erst kürzlich jemand einer Mischung aus Wurst und Erbsen entledigt hatte. Dann drückte sie ihn in einen Hauseingang. Mehrere ausgetretene Steinstufen führten in einen dämmerigen, muffigen Hausflur, der in Augenhöhe mit einer Reihe geblümter Kacheln dekoriert war. Eine knarrende, hölzerne Treppe brachte sie ins erste Obergeschoss und bis vor eine rot bepinselte Tür. Rita zog einen Schlüsselbund aus ihrer Handtasche, öffnete die Tür und schob Semmler mit einem gewinnenden Lächeln in eine blumig duftende Wohnung.

Semmler folgte einem kurzen Flur in ein Zimmer. Neben einer kleinen Kommode und einem Spiegel mit rundherum angeordneten Lampen, einem rosa Plüschhocker und einem Wandschrank, war da noch ein riesiges Bett mit einem glitzernden Bezug, der ihn förmlich aufsog. Semmler fühlte sich mit einem Mal sehr angeregt.

„Warte einen Moment, Gauthier."

Ein wenig aufgekratzt streckte er sich aus. Verraucht war seine Sorge um den Dieb. Auch Marianne war ihm plötzlich gleichgültig. Aber diese Rita! Eine tolle Frau. Kaum zu glauben, dass sie ihn angesprochen hatte. Aber warum auch nicht? Er war doch auch ein toller Kerl? Warum sollte er Angst haben? Um was sollte er sich Sorgen machen? Weg damit! Alles war leicht, federleicht, und die Zeit verging wie in Zeitlupe, was ihm nur recht war im Moment, denn in einem Nebel aus Farben, Gerüchen und Lichtern fügte sich alles auf das Angenehmste zusammen. Ein herrlicher Traum!

„Gauthier."

Eine Brise eines benebelnden Parfüms umwehte Semmler. Rita löse sich aus dem Nebel dicht neben ihm auf dem Bett.

„Wir wollen doch jetzt nicht einschlafen", surrte sie mit leichtem Nachhall dicht an seinem Ohr.

Er schaute sie an. Die dunklen Haare umrahmten ihr Gesicht wie eine Kapuze. Wie schön sie jetzt war in diesem dünnen, schwarzen Hemdchen, das gar nichts verbarg. Lächelnd wischte sie Semmler mit einem feuchten Lappen über das Gesicht.

„Wer hat dich nur so zugerichtet?"

„Es war ein Versehen ..."

„Still, ich bin gleich fertig."

Sie trocknete sein Gesicht mit einem anderen Tuch. Semmlers Krawatte schwebte durch den Nebel davon. Er spürte ihre Hand auf seiner Brust tiefer wandern. Semmler wurde es schwindlig und sehr warm, als ihre Finger unten angekommen waren.

„Oh, man ...", stammelte er.

Sie schien über ihm zu schweben, Semmler wurde es in der Lendengegend etwas kühl, aber ihre Hand war warm. Sie fuhr sich mit der anderen unter das dünne Hemdchen und Semmler sah ihre Brustwarzen unter dem zarten Stoff wandern. Er streckte eine Hand aus und griff zu.

„Ja, Gauthier. Mach das", stöhnte Rita und legte ihr Becken über das seine. Wenig später fühlte Semmler sich in sie eindringen.

Eine wohlige Welle schwappte über ihn hinweg. Rita bewegte sich jetzt rhythmisch auf und ab. Ihre Brüste wippten im Takt und zitterten leicht nach, und Semmler zitterte auch.

Als er wieder zu sich kam, lag er noch immer mit der Hose auf Kniehöhe in Ritas Bett. Sie ruhte neben ihm. Semmler erhob sich vorsichtig und schlurfte aus der Tür ins Badezimmer. Dort stellte er sich vor die Toilette. Er stutzte. Das vertraute Plätschern fehlte! Verwundert blickte er nach unten und bemerkte dort einen immer stärker anschwellenden hellgrünen Ballon mit einem Zipfel daran. Größer und größer wurde dieser Ballon, bis er abfiel und auf das Plateau der Kloschüssel klatschte. Sein Inhalt ergoss sich eine Etage tiefer, aber auf dem Plateau blieb eine dünne Haut zurück. Rita musste ihm dieses Ding übergestreift haben. Und er hatte davon nichts gemerkt. Dafür kam ihm jetzt etwas anderes in den Sinn.

Das, was er vorhin gemacht hatte, war absolut neu für ihn! Zumindest würde er sich daran erinnern, wenn es schon einmal passiert wäre. Das konnte aber nur bedeuten, dass er nicht mit Tante Goutiette ... Er zog sich seine Hose hoch. Selbst wenn er seinen damaligen Zustand einbezog, dann wäre ein derart gewaltiges Ereignis in sein Gedächtnis eingebrannt. Aber das war es nicht. Soeben hatte es wirklich stattgefunden. Damals mit Tante Goutiette hatte er sich selbst etwas vorgemacht!

Er kehrte ins Schlafzimmer zurück.

„Gauthier. Willst du schon gehen?"

Semmler nickte.

„Weißt du was? Ich werde erst einmal einen Kaffee kochen. Und dann treiben wir es nachher noch einmal. Einverstanden?"

Semmler schüttelte den Kopf.

„Ich muss los, Rita. Du wolltest mir doch den Weg zeigen."

„Geh nur einfach links die Straße entlang. Ich drehe mich jetzt um, und du legst das Geld dorthin auf den Nachttisch."

„Was für Geld?", fragte Semmler. „Ich habe dir doch gesagt, dass ich bestohlen wurde."

Rita lehnte sich in die Kissen zurück.

„Gib mir nur deine Jacke", flüsterte sie.

„Ich weiß nicht ..."

„Du wirst sie nicht brauchen", sagte Rita. „Es ist warm genug da draußen."

Verwirrt ließ Semmler die Jacke zu Boden fallen.

„Du bist ein guter Junge."

Sie glitt vom Bett, hob die Jacke auf, öffnete die Tür und schob Semmler hinaus.

Leise klickte die Tür ins Schloss. Semmler stieg die Treppe hinab. Hinter einer Tür hörte er ein Kind weinen.

34.

Die Stadt hielt den Atem an. Schwarzgraue Wolken-
massen schoben sich langsam wie eine riesige Rolllade
über den Himmel. Die vormals sonnenbestrahlten
Fassaden wurden grau. Die Geschäftigkeit erstarb, die
Straßen leerten sich, und die Tauben zogen sich in ihre
Winkel zurück.

Walter Semmler stolperte über Kopfsteinpflaster
durch eine Häuserschlucht. Er hoffte, dass ihn die Straße zurück zum Bahnhof führen werde, aber er sah
nicht eine Seele, die er fragen konnte. Gleich würde es
ein gewaltiges Unwetter geben, und er hatte keinerlei
Schutz davor. Nicht einmal eine Jacke! Er verfluchte
sich selbst, sie Rita so bereitwillig überlassen zu haben.
Er blieb stehen.

Was war er nur für ein Schwein! Er hatte Marianne
regelrecht sitzengelassen, und war mit dieser Frau ins
Bett gestiegen. Scham und Selbstverachtung wüteten in
ihm. Diese Frau hatte ihn benutzt, ohne dass er es gemerkt hatte. Er blickte auf seine Uhr. Bestimmt war
Marianne nicht mehr am Bahnhof. Vielleicht war sie
allein zur Bibliothek gegangen. Vielleicht war sie auch
wieder zurückgefahren. Verdient hätte er das. Er blieb
stehen und blickte sich um. Irgendwo hörte er einen
Fernseher in einer der Wohnungen über sich. Normalerweise würde ich jetzt wie jeden Samstag auch davor

sitzen, dachte Semmler. Er hatte etwas Angst und der dunkelgraue Himmel über ihm verdüsterte sein Gemüt zusätzlich.

Ein Tropfen streifte seine Brille und hinterließ dort eine feucht gepunktete Linie. Ein weiterer sickerte durch sein Hemd. Ein Blitz zuckte über den Himmel, und dann krachte es fürchterlich. Semmler trieb es an eine Hauswand. Starker Wind kam auf. Der Regen setzte mit Wucht ein, und die Tropfen trafen Semmler wie hunderte spitzer Nadeln. Er begann zu laufen. Er musste die Bibliothek finden, und wenn es das Letzte war, was er in diesem merkwürdigen Leben tat.

Der Regen füllte die Schlaglöcher der Straße, und durch eben ein solches, gut gefülltes Loch brauste ein Lieferwagen. Semmler sprang zwar beiseite, aber das Wasser ergoss sich über ihn und zeichnete ein Muster mit dem Dreck der Stadt auf Hemd und Hose. Er entdeckte eine Bushaltestelle. Dort standen einige Menschen. Semmler hastete ohne auf Pfützen zu achten auf die Haltestelle zu. In seine Schuhe drang Wasser.

„Entschuldigen Sie bitte, aber wie komme ich von hier zur Bibliothek?"

Ein Mann, drehte sich Semmler zu.

„Das ist ganz einfach. Sie müssen sich nur ..."

Ein Auto rauschte vorüber.

„Verflucht! Was haben Sie gesagt?"

„Sie müssen sich nur umdrehen!", lachte der Mann.

Semmler sah ein großes, helles Gebäude. Dann fühlte er sich am Ärmel gepackt.

„Da bist du ja!", hörte er Marianne Finke rufen. Sie hatte einen Schirm. „Was ist denn mit dir passiert?"

35.

Die Detektivinnen konnte Agnes Semmler getrost ab-
schreiben. Eine Weile hatte es noch im Lautsprecher
bei Agnes Semmler geknistert. Wortfetzen entnahm
sie, dass die Damen beratschlagten, was jetzt zu tun sei,
dann war die Verbindung abgebrochen. Bestimmt hatten die Detektivinnen keine Ersatzbatterien einge-
steckt. Agnes Semmler kochte vor Zorn. Nicht nur,
weil ihre Detektivinnen offenbar den Ernst der Lage
nicht erkennen konnten, sondern auch, weil gerade
diese Lage für sie selbst so unfassbar war. Warum hatte
ihr Herr Sohn es nicht für nötig befunden, sie, seine eigene Mutter, über seine finanzielle Transaktion in
Kenntnis zu setzen? Über die Tatsache, dass er offensichtlich die Stadt verlassen hatte, mochte sie überhaupt nicht nachdenken. Wer war sie denn? Irgendein
dahergelaufenes Püppchen, das man vor vollendete Tatsachen stellte? Noch nie hatte er es gewagt, sie zu hin-
tergehen. Walter sollte seine Frechheit büßen!

Sie spürte, dass sie schon etwas zu viel Cognac hin-
untergeschüttet hatte. Den würde sie sich bestimmt
nicht mehr leisten können, wenn sie keinen ungehin-
derten Zugriff mehr auf ihr Geld hatte. Aber nicht nur
deshalb hatte sie wie ein Luchs ein Auge auf den nicht
zu unterschätzenden Betrag gehabt. Nein, ihm sollte es
eines Tages zugute kommen. Nur ihm! Das war zu-

mindest die Grundidee ihres Planes gewesen, den sie vor langer Zeit geschmiedet hatte.

Inzwischen hatte sich Agnes Semmler dermaßen an jenes dicke Polster gewöhnt, dass sie den Zeitpunkt, um Walter davon zu erzählen, immer wieder verschoben hatte. Immerhin war es nur durch ihre eigene Schaffenskraft vorhanden, und so sollte es bleiben. Wenn ihre Tage zu Ende gingen und sie diese großzügige Sonderrente kräftig ausgeschöpft hätte, und vor allem, wenn sie standesgemäß unter die Erde gebracht worden war, sollte Walter etwas davon erfahren. Zumindest ein wenig wäre davon übriggeblieben, wenn sie ihre mittlere Lebenserwartung grob überschlug. Jetzt war alles kaputt. Er würde es, erst einmal auf den Geschmack gekommen, sinnlos verprassen. Wie alle Männer!

Sie musste handeln. Wenn Walter das Geld nämlich nicht für sich selbst ausgab, dann zöge ihm zumindest dieses Weib den letzten Heller aus der Tasche seines neuen Anzuges. Der neue Anzug! Sind erst die Anzüge neu, dann musste auch bald eine teure Wohnung her, und schließlich würde Walter sogar einen Führerschein machen und sich ein teures Auto kaufen. Oder gar diesem Luder!

Agnes Semmler stemmte sich aus dem Ohrensessel. Jetzt sollten sie alle einmal sehen, wozu eine Mutter in der Lage war. Leben geben und Leben nehmen, darin lag ihre Macht. Aber gerade in diesem Moment verlangte ihr nach Letzterem! Dazu brauchte sie etwas mehr Information, aber zuvor musste sie die Bankkarte sperren lassen.

36

Marianne Finke schob Semmler entschlossen durch die Drehtür, dann tat sich diese riesige Kathedrale des Wissens vor ihnen auf.

Bücher über Bücher, Folianten und Atlanten, alles peinlich genau geordnet, ragten in einem gläsernen Kuppelbau über ihnen empor. Die Macht des menschlichen Geistes flößte Marianne Finke ungeheuren Respekt ein, und ihr wurde wieder einmal klar, warum sie diesen Beruf und keinen anderen gewählt hatte.

„So, da wären wir."

„Ja, da wären wir ... hör mal, ich muss dir etwas erzählen."

Marianne Finke starrte ihn an.

„Hat das irgendetwas damit zu tun, dass Du nass, verdreckt und blutbeschmiert bist?"

Sie bereute ihre Direktheit sofort, aber die Wut auf jenen Anderen steckte noch in ihr.

„Man hat mich bestohlen", hauchte er. „Wie du siehst habe ich auch keine Jacke mehr."

„Erstaunlich, was in so kurzer Zeit alles passieren kann, oder?"

„Ich weiß nicht ... aber ich habe fast nichts mehr in meinen Taschen ... nur noch dieses blutige Taschentuch ... und meinen Schlüssel."

Zum Beweis zog er beides hervor.

„Dann sollten wir zur Polizei gehen. Du solltest auch dein Konto sperren lassen", riet Marianne Finke.

„Ja, sicher ... aber so einfach ist das nicht", presste Semmler hervor.

„Die haben hier ein Telefon, das wir benutzen können. Irgendwo habe ich die Nummer aufgeschrieben, unter der man eine Kontensperrung vornehmen kann."

„Na gut. Auf ein paar Minuten mehr kommt es wohl nicht an."

Aus den paar Minuten wurde eine Viertelstunde, denn Marianne war hier mit allen bekannt und hatte erst einige Belanglosigkeiten mit ein paar Mitarbeiterinnen auszutauschen. Die wollten etwa wissen, ob sie sich schon eingelebt habe, ob die neue Bücherei ihren Namen verdiene, oder wer der Herr neben ihr sei. Marianne Finke war froh, niemandem je von ihrem Freund erzählt, und den Wechsel in die Kleinstadt mit der besseren Luft und der größeren Ruhe dort begründet zu haben. Als alles gesagt war, benutzte Semmler den Telefonapparat einer ihrer Kolleginnen. Er meldete den Verlust der Karte seiner Mutter mit der Bitte um Sperrung. Obwohl er sich dank seines hervorragenden Gedächtnisses schon bei seiner ersten und einzigen Benutzung des Kontos alle Daten gemerkt hatte, wollte sich der Ansprechpartner am andern Ende der Leitung nicht an die Arbeit machen. Semmler sei nicht berechtigt, diesen Vorgang von ihm zu fordern. Das Konto sei jedoch bereits gesperrt, bemerkte er aber nach einer kurzen Pause. Semmler gab vor, seine Mutter habe ihn dann offenbar in der Aufregung falsch informiert. Es sei ja weit mehr verloren gegangen als bloß die Karte. Als er auflegte, musste er sich über seine Schlagfertigkeit wundern.

Über eine Rolltreppe gelangten sie in das Obergeschoss. Marianne Finke steuerte zielsicher auf eine Gruppe Rechner zu. Sie setzte sich vor einen und wies Semmler den Platz neben sich zu.

„Wir müssen nur hier in diese Box zwei Euro einwerfen, dann können wir eine ganze Stunde im Netz surfen."

Sie lächelte und streckte ihm, ohne den Blick vom Bildschirm zu nehmen ihre Handfläche entgegen, wie es ein Chirurg beim Wort *Tupfer* in etwa tut.

„Aber ich habe keinen Cent ..."

„Ach ja."

Marianne Finke versetzte den Rechner in Betriebsbereitschaft.

„Können wir?", rief sie unternehmungslustig. „Ich zeige dir erst einmal, wie weit ich schon gekommen bin."

Ihre Finger huschten über die Tastatur. Semmler konnte nur staunen, wie sie Portal um Portal, wie sie es nannte, öffnete. Bewundernd blickte er sie von der Seite an. Ein zarter Schweißfilm hatte sich auf ihrer Oberlippe gebildet, und ihre Wimpern waren ganz schön lang. Von Zeit zu Zeit benetzte sie ihre Lippen.

„Da sind wir. Dieses Suchformular müssen wir ausfüllen."

Semmler musterte den Bildschirm. Unter einem leeren Kästchen waren weitere, mit Linien untereinander verbundene, angeordnet. Im ersten Kästchen blinkte ein senkrechter Strich.

„Wir machen erst einmal eine Schnellsuche. Zunächst dein Name."

„Walter Semmler."

„Dann den deiner Mutter."

Marianne Finke setzte den Strich in ein Kästchen darunter.

„Agnes Semmler."

„Stopp! Da muss der Mädchenname hin."

„Dann Agnes Bender."

„Name deines Vaters?"

„Robert Semmler."

Marianne tippte alles ein.

„Dann wollen wir die Suche starten, oder?"

Semmler nickte. Marianne drückte auf ein graues Feld. Der Bildschirm wurde weiß.

„Was ist denn jetzt passiert?", rief Semmler überrascht.

„Er sucht", erklärte Marianne Finke und lehnte sich beinahe völlig entspannt zurück. Ein graues Feld in Postkartenformat tat sich auf.

„Aha", meinte Marianne Finke.

„Was heißt das?"

„Es reicht noch nicht. Das Programm braucht doch noch weitere Angaben über dich. Dann machen wir einmal dieses Zusatzmenü auf. So, und weiter. Wohnort, Geburtsdatum, Beruf, Religionszugehörigkeit ..."

Semmler gab alles an.

„Verheiratet?"

Marianne Finke schaute Semmler erwartungsvoll an.

„Nein, nicht verheiratet."

„Verlobt?", fragte Marianne Finke verschmitzt.

„Nein, auch nicht verlobt."

„Jetzt hätte ich fast schon gefragt *verliebt* ... du weißt schon: verliebt, verlobt, verheiratet", kicherte sie, aber ihre Augen ließen tief in Semmler einen Ballon der Scham anschwellen. Ihre seltsame Unbekümmertheit tat ihm weh.

„Wie dem auch sei", meinte Marianne Finke schließlich, als der Ballon ziemlich prall geworden war. „Auf ein Neues."

Wieder wurde der Bildschirm weiß. Dann tat sich ein anderes Portal auf. Es war mit Kästchen und Strichen übersät wie das zuvor, aber in jedem Kästchen stand nun ein Name. Ganz oben stand Semmlers Name.

„Du scheinst wohl jemanden in deiner Familie gehabt zu haben, der sich durch irgendetwas hervorgetan hat", meinte Marianne Finke.

„Ach ja?"

„Die haben natürlich nicht jeden Stammbaum hier. Wenn diese Internet-Recherche zu überhaupt etwas führt, wenn sich jemand also die Mühe macht und deinen Stammbaum bis ins dritte Glied zusammenstellt, dann muss da schon etwas Besonderes sein."

„Ist mir jedenfalls nicht bekannt", meinte Semmler.

„Hier steht es ja. Größte Wahrscheinlichkeiten ergeben sich, wenn es im Stammbaum der Familie …"

Semmler hörte nur mit einem halben Ohr hin. Seine Augen hingegen suchten den oberen Teil der Verzweigungen ab. Unter seinem Namen standen natürlich die seiner Eltern. Seinen Vater hatte er leider nie kennengelernt, denn er war irgendwann zwischen Semmlers Zeugung und Geburt an den Folgen eines Autounfalls gestorben.

Doch der weit wichtigere Teil der Grafik war der Bereich neben seiner Mutter.

Mutter hatte Geschwister! Sie hatte sogar vier Geschwister. Semmlers Augen weiteten sich, als er feststellte, dass diese Geschwister alles Brüder waren, und dass sie alle im Krieg umgekommen waren.

„Sie ist nicht dabei", schnaufte Semmler. „Aber Tante Goutiette soll ja auch nur meine Halbtante ... sagt man das so? Also sie gibt vor, die Halbschwester meiner Mutter zu sein."

„Ach so", meinte Marianne Finke. „Das heißt, ein Elternteil hat noch einmal geheiratet oder sonstwie Kinder bekommen."

„Vermutlich."

„Dann müssen wir sehen, wie es sich mit den Großeltern mütterlicherseits verhält", konzentrierte sich Marianne Finke. „Sieh mal. Wir können die einzelnen Kästchen anklicken, und vielleicht kommt bei dem einen oder anderen noch mehr heraus."

Sie klickte *Agnes Bender* an. Nach einer Weile erschien ein weiterer Stammbaum. Diesmal mit Agnes Bender ganz oben in einem Kästchen, darunter ihre Eltern.

Ihr Vater, Semmlers Großvater, der alte Bender, galt im Krieg zunächst als vermisst, dann wurde eine Gefangenschaft in Russland daraus. Als er 1952 immer noch nicht zurückgekehrt war, glaubten alle wieder an die Vermisstengeschichte, bis klar war: Er war gefallen. Zuvor hatte er aber einen ganzen Schwung Kameraden von einem Hügel heruntergeholt und damit gerettet. Die Zusammenhänge waren von eben diesen Kameraden auf einer Sonderseite zusammengefasst worden. Abgebildet war dort auch seine Erkennungsmarke, und, als sei das nicht genug, sein Orden sowie ein

Mann auf einer Bahre mit einem Loch zwischen den Augen. Ein Held. Er musste der Grund für den ausführlichen Stammbaum sein.

Oma Bender hatte wieder geheiratet, einen Freund, der ihr die Jahre der Ungewissheit bereits versüßt hatte. Aus dieser Verbindung waren erneut zwei Kinder entstanden. Ein Junge und – Semmler stutzte – noch einer!

„Sie ist nicht meine Tante", hauchte er.

„Moment", warf Marianne Finke ein. „Wir müssen vorsichtig sein. Das wird immer dringend empfohlen, wenn man auf Ahnensuche geht. Alles muss wasserdicht sein. Immerhin könnte deine Oma, und verstehe mich jetzt nicht falsch, etwas unsolide gewesen ..."

„Oh", hauchte Semmler.

„Bitte, beruhige dich. Zu der Zeit gab es allerhand Möglichkeiten. Vergewaltigungen durch Besatzer, Tändeleien mit anderen etc. Wir sollten einmal direkt nach deiner Tante suchen."

Semmler nickte.

„Also gut."

„Heißt deine Tante denn nun Bender oder eher Landrich, wie der zweite Mann deiner Oma?", fragte Marianne Finke.

Semmler wusste es nicht, und so gab sie beide Namen ein. Aber außer dem Hinweis in einem Untermenü, dass *Goutiette* die überaus seltene weibliche Form von *Gauthier*, der französischen Form von *Walter*, ist, kam nichts bei der Suche heraus.

Da war dieser seltsame Zusammenhang mit seinem eigenen Namen, aber weit beunruhigender war, dass es keine Goutiette in seiner Familie gab. Schon gar keine

Tante. Folglich war Tante Goutiette kein Familienmitglied, was bedeutete, dass Semmler eine Wildfremde in seiner Wohnung hausen ließ. Eine Wildfremde auf der Flucht!

„Und?", meinte Marianne Finke. „Was lernen wir daraus?"

„Ich werde sie hinauswerfen. Sie hat mich immerhin belogen."

„Das stimmt."

„Sie hat sich mein Vertrauen erschlichen."

„Das ist sogar auffallend richtig."

„Und sie hat mich beinahe verfüh..."

Semmler hielt inne. Beinahe hätte er sich im Eifer verplappert.

„Sie hat was?"

„Ach nichts ... seit vorhin weiß ich, dass sie mich nicht..."

„... vorhin?"

„Nun ..."

Semmler stockte und wurde außerdem puterrot.

Marianne Finke sah ihn scharf an. Semmler wand sich vor ihrem Blick wie ein Wurm im Schnabel des frühen Vogels.

„Du bist gar nicht überfallen worden", flüsterte sie schließlich.

„Doch, das bin ich schon", entrüstete sich Semmler.

Marianne Finke schnappte nach Luft.

„Du kommst mir schon die ganze Zeit so seltsam vor."

Semmler sank in sich zusammen.

„Du hast Lippenstift am Hals", hauchte sie und fixierte ihn erbarmungslos.

„Du hast also tatsächlich vom Bahnhof bis hierher ... während ich ...“

Semmler blickte zur Seite und erstarrte. Nur wenige Schritte entfernt, direkt vor der Drehtür, hatte er eine ihm wohlbekannte Gestalt erkannt. Wiegende Hüften und der leichte Gang, dazu lange Haare und hohe Schuhe.

„Da ist Tante Goutiette“, stammelte er.

Marianne Finke warf den Kopf herum, aber außer zwei Kindern war dort niemand. Sie hatte genug nicht gesehen.

„Möchte bloß wissen, wie sie ...“

Es gab einen scharfen Knall, der zweierlei bewirkte. Zum einen fegte er Semmler die Brille von der Nase, die auf dem Boden aufschlug und sich in Gestell und etliche Glassplitter zerlegte. Zum anderen machte er einige Leute darauf aufmerksam, wie Marianne Finke mit zornigen Schritten die Bibliothek verließ.

37.

Bisher waren die Dinge bestens in Reuters Sinne verlaufen. Er hatte zwar nicht wie Agnes Semmler eine Observationsmannschaft zusammengestellt, aber hatte doch alles, was er wissen musste, übermittelt bekommen. Ein Kinderspiel für einen Mann in seiner Position. Und das, was ihm übermittelt worden war, war brisant genug, um Agnes Semmler zu beunruhigen. Reuter beglückwünschte sich zu seiner Entscheidung, nicht der ersten Eingebung gefolgt zu sein und sich etwa direkt auf Agnes Semmler zu stürzen. Nein, wenn du jemandem wirklich weh tun willst, dann mache dich an das Liebste desjenigen heran, den du vernichten willst. Und das war ihr Sohn.

Reuter schloss die Kellertür hinter sich. Im Regal standen Konserven aller Art, aber auch ein Glas Honig. Genau solch ein Glas hatte er Semmler geschenkt. Der hatte es arglos wie alles, was Reuter ihm bisher geschenkt hatte, entgegengenommen. Reuter hatte ihn bis dahin an kleine Gaben gewöhnt, denn Semmler musste man an alles gewöhnen, sonst blieb er misstrauisch oder bekam sogar Angst. Reuter drehte das Glas in den Händen. Das Teufelszeug darin hatte er selbst aus den schwarzen Beeren gepresst. Die wuchsen an einer Stelle im Wald, und ihre Süße passte hervorragend zum Honig. Semmler würde gar nichts merken, aber es würde eine Wirkung entfalten, die der von LSD nahe kam. Reuter hatte auch über LSD nachgedacht, aber wo sollte er das heute hernehmen? Früher hatte man das Zeug überall bekommen. Früher. Da war er ein lockerer Kerl gewesen. Da hatte er sich herumgetrieben. Da war die Sache mit der zehn Jahre älteren Frau, mit Agnes Semmler, passiert. Die war auch prompt schwanger geworden. Und Reuter war schon mit Iris zusammen. Die Heirat stand kurz bevor, den Gärtnerjob hatte er längst aus Ehrgeiz an den Nagel gehängt, und die Stelle in der Bank war sicher. Da konnte er nicht einfach raus und die Seite wechseln. Agnes schien es auch nicht so wichtig zu sein, aber sie wollte Geld für das Söhnchen. Später wollte sie auch den Job für das Söhnchen. Da war er gerade Filialleiter geworden.

Reuter schraubte das Honigglas auf. Die Katze strich am Kellerfenster vorüber.

Dabei hatte Agnes ihn nach Strich und Faden belogen. Schon der erste Blick auf das Neugeborene hätte ihn stutzig machen müssen. Für Väter sollte die Natur eine Hilfestellung eingebaut haben. Das Neugeborene sollte ganz zu Beginn eine deutliche Ähnlichkeit mit seinem Vater aufweisen. Nur aus dem Grund waren Angehörige so erpicht darauf, das Neugeborene so früh wie möglich in Augenschein zu nehmen, um nämlich genau diese Ähnlichkeit feststellen zu können. Der kleine Walter hatte Reuter überhaupt nicht ähnlich gesehen. Aber Reuter war damals zu sehr gestresst gewesen, um dem eine Bedeutung beizumessen. Er hatte Agnes geglaubt.

Ob das Zeug auch bei ihm funktionierte? Früher hatte er die Wirkung ähnlicher Substanzen genossen.

Aber sie hatten ihn auch in diese Lage gebracht. Es schellte an der Tür. Oben hörte er Iris laufen. Reuter tauchte seinen Finger in die klebrige Masse. Dann steckte er den Finger in den Mund. Was sollte schon schief gehen. Wenn Semmler mit der Mischung zurecht kam, dann würde sein Chef doch wohl ...

Er erinnerte sich noch an ihren trickreichen Telefonanruf. Von sich aus hätte er Walter niemals eingestellt, denn außer Geld zu zählen, hatte Walter keine Fähigkeiten im Bankgeschäft. Ein Wunder, dass er die Ausbildung geschafft hatte. Dann solle er eine solche Arbeit für ihren Sohn einrichten. Das könne er nicht machen, hatte Reuter geantwortet. Dann brauche sie sich auch nicht an ihr Versprechen zu halten, das sie Reuter vor fünfundzwanzig Jahren gegeben habe. Eine Mutter könne manchmal nicht aus ihrer Haut, hatte Agnes Semmler gesagt. Natürlich würde sie es so lange wie möglich verhindern, obwohl Walters Fragen immer drängender würden. Von Tag zu Tag sozusagen. Er wolle wissen, wo die Kinder herkämen, er wolle wissen, wo er selbst herkäme, er wolle wissen, wer sein ... Sie sei ein hinterhältiges Aas, hatte Reuter gebrüllt.

War da nicht gerade ein viel größerer Schatten, als die Katze ihn werfen würde, am Kellerfenster vorbeigeglitten?

Semmler eingestellt zu haben hatte aber auch sein Gutes, denn so konnte Reuter ihn beobachten. Als ihm bewusst wurde, dass Semmler überhaupt keinen Ehrgeiz hatte und somit auch von seinem Charakter her keine Ähnlichkeit zu ihm selbst aufwies, beschloss Reuter, für Klarheit zu sorgen. Er wischte mit einem

Wattestäbchen Semmlers Kaffeetasse ab, verfasste ein Einverständnisschreiben und setzte Semmlers Unterschrift darunter. Dann verfasste er ein Zeugenschreiben und setzte Dr. Geehrkes Unterschrift darunter. In so etwas war er schon immer geschickt gewesen. Alles ging zusammen mit seinem eigenen Material an die zuständige Stelle. Das Ergebnis des Tests war eindeutig negativ gewesen. Seitdem baute er an seinem Plan.

Er steckte sich das Honigglas in die Hosentasche, stellte einen Stuhl unter das Fenster und warf einen Blick nach draußen. Der Wind spielte in den Sträuchern, ein paar kleine Vögel flatterten in den Zweigen, auf der Straßenseite gegenüber rollten zwei Jungen auf ihren Kickboards dahin. Ein schwarzer Panther blickte Reuter mit großen, bernsteinfarbenen Augen an. Er war wie aus dem Nichts direkt vor dem Kellerfenster erschienen. Reuter streckte eine Hand nach einem Beil aus, das an der Wand neben dem Kellerfenster in einer Halterung hing. Jetzt würde auch er jagen gehen.

38.

Ihre Fahrt zu Walters Haus dauerte nur kurze Zeit. Der Cognac beflügelte Agnes Semmler dermaßen, dass sie kaum glauben konnte, denselben Weg wie immer zurückgelegt zu haben.

Leicht ließ sich das Törchen öffnen. Eigentlich hätte sie sich über den tadellosen Zustand des Weges wie immer gefreut. Aber jetzt war sie in anderer Laune. Sie fixierte alles, was ihr wohlbekannt war in der Hoffnung, etwas zu finden, was ihren Argwohn schüren konnte.

Sie schloss auf, drückte gegen die Tür und bemerkte den winzigen Widerstand sofort. Das handliche Päckchen rutschte über den Fußboden. Das hatte jemand durch den Briefkastenschlitz geworfen, und zwar nicht der Postbote, denn auf diesem Päckchen klebte keine Marke. Sorgsam verschnürt und gut duftend lag es da. Agnes Semmlers Augen zogen sich ins Reptilienhafte zusammen. Das war von ihr!

Sie schüttelte das Päckchen, aber es war nichts zu hören. Mit spitzen Fingern knibbelte sie das zartviolette Geschenkband auf. Mit den Klebestreifen gab sie sich nicht so viel Mühe, sondern riss das hellgelbe Seidenpapier brutal auf. Eine weiße Schachtel kam zum Vorschein. Agnes Semmler öffnete den Verschluss mit der Übung einer Sonderangebotsprüferin, und drei Grobripp-Herrenunterhosen rutschten ihr in die Hände. Sie stutzte. Da waren eingestickte Initialen. WS. Das waren Walters Unterhosen! Aber wer hatte ihm das hier geschickt? Und wer hatte diese Initialen eingestickt? Für Spekulationen blieb wenig Raum, als sie das handgeschriebene Kärtchen im Dunkel der Schachtel erspähte. Da stand in schwungvollen Buchstaben:

Lieber Walter!
Sicherlich werden diese Kleinigkeiten schon vermisst. Ich habe sie kürzlich bei mir gefunden und auch gewaschen.   C.L.

Wenn Agnes Semmler ihrer Phantasie freien Lauf ließ, dann konnte sie den letzten Punkt durchaus als ein winziges Herzchen verstehen. Sie holte Luft. C.L. – die Leibisch!

Agnes Semmler war sich zwar über das C. im Unklaren, aber sonst gab es gar keinen Zweifel. Ihr Walter hatte es offenbar fertig gebracht, dieser Frau intime Wäsche zu überlassen, oder er hatte sie dort sogar vergessen! Womöglich nach einer Nacht mit dieser schamlosen Person. Ach, was hieß eine Nacht. Drei Nächte mussten es mindestens gewesen sein. Agnes Semmler ging zum Fenster und spähte auf die andere Straßenseite.

Der werde sie einen Strich durch die gierige Rechnung machen. Vielleicht fanden sich noch weitere Hinweise in der Wohnung. Das Schlafzimmer!

Der Geruch dort ließ alle Alarmglocken in ihr ertönen. Das roch nach Körpern, Flüssigkeiten! Ihr wurde schlecht. Sie musste diese Frau zur Rede stellen. Am besten sofort, denn vielleicht konnte sie jetzt noch das drohende Unheil abwenden.

Plötzlich hörte sie ein Geräusch. Auf der anderen Straßenseite sah sie die Leibisch bei den Mülltonnen. In Agnes Semmlers Kopf breitete sich ein Wirbel aus.

Der Müllsack sträubte sich dagegen, in die fast volle Tonne gepresst zu werden. So sehr Frau Leibisch auch das Stück Pappe auf den Hügel aus leeren Joghurtbechern, Konservendosen und Plastikverpackungen drückte, das Unterfangen erwies sich als nur schwer durchführbar. Abgekämpft wischte sie sich den Schweiß von der Stirn. Warum hatte die Stadt keine größeren Mülltonnen eingeführt, solche mit kleinen Rädern an den Seiten und viel größerem Fassungsvermögen? Sie stützte sich mit ihrem ganzen Gewicht auf den jetzt nur noch wenig über den Rand hinausragenden Hügel. Gleich war es geschafft. Plötzlich fühlte sie sich am Arm gepackt und zu einer halben Drehung gezwungen, bis sie in das zornesrote Gesicht Agnes Semmlers blickte. Frau Leibisch war so perplex, dass sie sich noch nicht einmal wunderte, die alte Frau nicht kommen gesehen zu haben.

„Was haben Sie mit meinem Sohn gemacht, Frau Leibisch? Frau C Punkt L Punkt?"

„Ich weiß nicht, was ..."

„Sie wissen nur zu gut, was ich meine. Es lohnt nicht, es abzustreiten!", zischte Agnes Semmler. „Von Ihnen ist doch dieses pikante Päckchen, das ich gerade im Briefkasten meines Sohnes finden durfte!"

Eigentlich hatte Frau Leibisch nicht erwartet, dass ihre kleine Bombe so schnell einschlagen würde, und noch weniger hatte sie erwartet, dass sie in die falschen Hände gelangen könnte. Schließlich sollte Walter Semmler das Päckchen finden, und dann am besten, wenn dieses Weib bei ihm war. Jetzt hatte seine Mutter es gefunden, aber was machte das schon. Vielleicht war das sogar noch um einiges besser.

„Das konnte man ja lesen, wenn man gelesen hat, was zu lesen war!", antwortete Frau Leibisch schnippisch. „Was geht Sie denn an, was ich Ihrem Sohn zukommen lasse?"

„Na hören Sie mal. Ich bin seine Mutter!"

Agnes Semmler schnappte die Stimme über.

„Das gibt Ihnen noch lange nicht das Recht, in seiner Post herumzuschnüffeln", rief Frau Leibisch.

„Ich schnüffle nicht herum, ich tue meine Pflicht, Frau C. L.!"

„Mein Name ist Leibisch!", rief Frau Leibisch. „Zumindest für Sie, Frau Semmler!"

„Ach, und für alle anderen ist er C.L.? Gibt es vielleicht noch andere Päckchenempfänger in dieser Straße?"

„Was soll das heißen? Ich bin eine anständige Frau!"

„Die anderer Mütter Söhne verführt, Sie ... Sie ... Flittchen!", brüllte Agnes Semmler.

„Sie sollten mit Ihrer Wortwahl etwas vorsichtiger sein", zischte Frau Leibisch.

„Wahrscheinlich braucht man nur die Schlafzimmer in der Umgebung abzuklappern, und überall wird man Ihr billiges Parfüm in den Kissen finden!"

„Also, das ist jetzt genug, Frau Semmler!"

„Nehmen Sie diesen Namen nie wieder in den Mund! Bei Ihnen wird einem ja vom bloßen Zuhören schlecht.

Wenn Sie sich auch nur noch ein einziges Mal in die Nähe meines Sohnes wagen, dann gnade Ihnen Gott. Anständige Menschen sollte man vor Ihnen warnen!"

„Ach ja? Anständige Menschen? Ihr Herr Sohn gehört wohl auch zu diesen anständigen Menschen, wie?"

„Darüber brauchen Sie sich gar keine Gedanken zu machen. Mein Sohn wäre sogar noch anständiger als Sie, wenn Sie heilig gesprochen würden!"

Frau Leibisch blitzte Agnes Semmler böse an.

„Wenn ihr feiner Herr Sohn so anständig wäre, warum treibt er sich dann mit allerhand Weibern herum?"

Agnes Semmler spürte, wie der Druck in ihren Augen stieg.

„Das nehmen Sie sofort zurück", flüsterte sie nach einigen Sekunden. „Oder ich werde Ihnen einen Anwalt an den Hals hetzen, der Ihnen das letzte bisschen Verstand nehmen wird."

„So? Dann fragen Sie doch mal hier in der Nachbarschaft. Offensichtlich scheint er Ihnen da etwas verheimlicht zu haben, Ihr sauberer Walter. Jeder kann das hier bestätigen! Los, fragen Sie nur die Leute. Dann werden Sie schon sehen, was für ein Früchtchen Ihr Sohn ist. Bestimmt hat er Ihnen nicht gesagt, dass er heiraten wird!"

Agnes Semmler stand mit knallrotem Kopf da. Ihre Halsschlagader pulste bedenklich und der Wirbel in ihrem Kopf war zu einem ausgewachsenen Tornado angeschwollen. Hinter Tränenschleiern verfolgte sie, wie Frau Leibisch den Mülltonnendeckel zuwarf, um dann mit Siegesmiene in ihr Haus zurückzustolzieren.

39

Heute Morgen war Semmler so guter Dinge gewesen. Jetzt hatte er alles verloren. Er hatte genug von dieser Stadt, und auch genug von der Unordnung, die von allen Seiten in sein Leben drängte. Er wollte nach Hause, er wollte, dass Tante Goutiette nicht mehr sein Haus besetzte, er wollte, dass niemand mehr sein Leben besetzte. Nicht diese verfluchte Tante, nicht seine Mutter ... und Marianne?

Aber er stand immer noch in der Bibliothek, hatte keinen Cent Geld und außerdem keine Brille.

„Hilfe", hauchte er. „Kann mir jemand helfen."

Etwas Dunkles näherte sich.

„Hier, Ihre Brille."

Semmler grapschte nach der vermeintlichen Hand seines Gegenübers und Retters, bekam das Gestell zu fassen und drückte es auf seine Nase. Und dabei blieb es: Ein nacktes Gestell auf seiner Nase!

Semmler beschloss, nicht weiter um Hilfe zu rufen. Und er beschloss noch weit mehr. Er würde allein zurück nach Hause finden, und er würde allein diese Tante hinauswerfen. Auch ohne Brille!

Ganz langsam beruhigte er sich. Ganz langsam drehte er sich in die Richtung, aus der er gekommen war. Ganz langsam schloss er die Augen. Wenige Schritte vor ihm musste die Rolltreppe sein. Er konnte sie brummen und klackern hören. Er machte einen ersten, vorsichtigen Schritt darauf zu. Ansonsten konzentrierte er sich auf die Geräusche um sich herum. Er machte noch einen Schritt. Mehr als fünf große Schritte konnten es nicht sein, so, wie er sich jetzt vorantastete, vielleicht acht kleine Schritte. Langsam streckte er die Arme aus. Da war das Gummi des Handlaufs, das unter seinen Fingerkuppen rieb. Seine Fußspitze fühlte die dahingleitenden Stufen. Semmler machte einen mutigen Schritt. Er fuhr. Jetzt hieß es, den Absprung zu schaffen. Die Geräusche veränderten sich, als er sich dem Erdgeschoss näherte. Er nahm sich vor, beim ersten Anzeichen eines Widerstandes einen großen Schritt zu tun. Der Widerstand kam, Semmler machte den Schritt und atmete sehr tief durch. Jetzt nach draußen. Elf, zwölf Schlurfschritte. Dann die Drehtür, Himmel, die Drehtür! Würde er daraus den Ausgang finden? Er fand ihn, wurde aber gerade als er ein Indiz für *Draußen* erschnupperte, durch eine größere Gruppe zurück in den Drehtürraum gedrängt. Nach einer weiteren Runde strömte ihm die Außenluft erneut entgegen, er schlurfte einen Schritt schneller und hatte es geschafft. Zumindest bis hierhin, zumindest bis vor die Bibliothek. Jetzt musste er zum Bahnhof.

Er wusste, wie er mit Marianne von der Haltestelle hierher gekommen waren, er wusste noch, was Marianne über die Entfernung zum Bahnhof gesagt hatte. Ein Katzensprung, hatte sie gesagt. Mit Brille hätte er den Weg spielend gefunden, aber jetzt musste er etwas anderes tun. Er musste den Weg riechen, er musste ihn hören!

Im Moment wurde ihm gerade das nicht leicht gemacht, denn der Regen strömte noch immer. Aber er
konnte nicht auf das Ende des Unwetters warten. Er
musste laufen! Er würde zwar nur langsam vorwärts
kommen, aber mit jedem kleinen Schritt keimte in
ihm die Zuversicht, dass er es schaffen würde. Und so
schlurfte Walter Semmler, mit geschlossenen Augen
gen Himmel und weit vorgestreckten Armen, seinen
Weg. Bis zum Bahnhof würde er wieder völlig durch-
nässt sein.

40.

Bäume und Sträucher, Fußgänger und Radfahrer, Verkehrsschilder und Ampeln glitten an Agnes Semmler vorüber wie Geister. Warum hatte sich alles gegen sie verschworen? Was hatte sie nur falsch gemacht? Natürlich konnte die Sache mit den Frauen auch erfunden sein. Immerhin hatte sie die Leibisch gehörig in die Enge getrieben. Aber warum sollte diese dann auf andere Zeugen verweisen?

Ein lautes Hupen schreckte Agnes Semmler auf, und sie konnte gerade eben einem entgegenkommenden Fahrzeug ausweichen. Sie musste sich zusammenreißen. Sie ging etwas vom Gas. Ein Schluchzer brach aus ihrer Brust. Das war alles zu viel für sie. Innerhalb weniger Tage hatte sie nicht nur die Kontrolle über ihren Sohn Walter, sondern auch über sich selbst verloren. Normalerweise hätte sie wie eine Rachegöttin auf ihren Sohn gewartet, aber aus ihr jetzt unerklärlichen Gründen war ihr dieser Gedanke überhaupt nicht gekommen. Sie musste sich zusammenreißen, denn wenn Walter durch diese Frau beeinflusst wurde, sie sogar heiraten wollte, dann würde er vielleicht auf die Idee kommen, sie, Agnes Semmler, seine Mutter, loszuwerden.

In ihr stieg das Szenario eines geregelten, kontrollierten Tagesablaufes auf, der morgens um 7:00 Uhr mit einem lächerlichen Frühstück einschließlich der Einnahme diverser Medikamente begann, und um 17:00 Uhr mit einem ganz ähnlichen Abendessen endete. Und das alles inmitten einer großen Gruppe Gleichgestellter, die womöglich Windeln trugen und nicht mehr bis drei zählen konnten. Ihr lief ein eisiger Schauer über den Rücken. Doch sie konnte sehr wohl noch bis drei zählen. Zumindest aber bis zwei, denn wenn sie richtig rechnete, dann waren es mindestens zwei Frauen, die hinter ihrem Sohn wie drohende Monster aufgetaucht waren. Mit der Leibisch musste er etwas haben. Immerhin hatte sie seine Unterhosen. Und dann gab es da noch jene geheimnisvolle Frau, von der ihr Trudi berichtet hatte.

Agnes Semmlers Kampfgeist erwachte. Da waren noch viel zu viele Dinge nicht geklärt. Und diese musste sie klären, wenn sie wieder Macht über ihr Leben haben wollte.

In diesem Moment kam ihr eine Idee. Ihr Blick heftete sich fest an das Heck eines Lkws, der bereits eine Weile mit viel zu niedriger Geschwindigkeit und mit einer roten Fahne an einem Stahlträger baumelnd vor ihr herfuhr. Als sie sich genügend gesammelt hatte, trat sie ihr Gaspedal bis zum Bodenblech durch.

Zwei Sachen konnte Agnes Semmler dabei nicht wissen. Die erste hatte etwas mit einem Rehbock zu tun, der von der fixen Idee durchdrungen war, LKWs seien reine Illusion und existierten daher lediglich auf metaphysischer Ebene. Eine Ebene, die dieser glutäugige Vertreter seiner Art bald selbst bevölkern sollte, denn der LKW hatte nicht die Absicht, sich auf dieser Ebene zu bewegen und zerlegte das Tier in Bruchteilen eines Momentes. Nur der Form halber bremste er kurz ab.

Die zweite Sache, die Agnes Semmler nicht wissen konnte, war, dass ein massiver Stahlträger selbst mit einer leichten Polsterung durch eine rote Fahne an seinem Ende überhaupt kein Problem mit einer Windschutzscheibe und einem Airbag hat.

Während Agnes Semmler also einen gewaltigen Satz mit ihrem Wagen nach vorne machte, um sich mit Wucht zwischen Stoßstange und Anhängerkupplung zu bohren, flammten die Bremslichter des LKW kurz auf. Agnes Semmler sah den Airbag auf sich zu rasen sowie eine kleine rote Fahne.

41.

Nur wenig später hockte Semmler in einem Abteil direkt neben der geöffneten Schiebetür. Eine Haarsträhne hatte sich auf seiner Wange fest gesaugt. Semmler spürte das Wasser bis zum Kinn laufen und von dort in seinen Schoß tropfen. Er fühlte sich erbärmlich.

„Die Fahrkarten bitte!"

Semmler lauschte auf den Gang hinaus. Bis hierher hatte er es geschafft. Er saß sogar im richtigen Zug, denn seine neue Aufmerksamkeit hatte ihm den rechten Weg gewiesen. Jetzt hieß es, dem Schaffner zu entkommen, denn einen Fahrschein hatte er nicht. Der Schaffner war einige Abteile weiter in seine Arbeit vertieft, und so bemerkte er nicht, wie Semmler langsam und absolut lautlos sein Abteil verließ und in genau die Richtung schlich, aus welcher der Schaffner gekommen war.

„Wo wollen Sie denn hin?", hörte Semmler den Schaffner fragen, als er das Abteil passierte, in dem er gerade kontrollierte. Semmler verharrte.

„Nun, wir hatten uns gedacht, wir steigen einfach einmal ein", hörte er einen der befragten Fahrgäste sagen, „und sehen dann, wohin es uns treibt. Sagen *Sie* uns doch, wo wir hinfahren sollen."

Semmler glitt weiter. Der Schaffner würde ihm nicht mehr in die Quere kommen. Der Zug verlangsamte seine Fahrt.

„Entschuldigen Sie, ich müsste einmal durch."

Semmler fuhr ein eisiger Schreck in die Glieder, als der Schaffner sich an ihm vorbeidrängte und die Waggontür aufriss. Der Zug war zum Stehen gekommen. Dann gellte ein Pfiff. Semmler wünschte sich, er wäre ein Geist, ein Schemen, ein flüchtiger Eindruck. Der Zug fuhr wieder an.

Einer plötzlichen Eingebung folgend drehte sich Semmler blitzschnell um, presste sich die Hand mit dem blutigen Taschentuch von heute Vormittag vor die Nase und tastete mit der anderen nach der Klinke der Toilette.

„Kann ich Ihnen helfen?", hörte er den Schaffner besorgt fragen.

„Esch geht schon, esch geht schon", nuschelte Semmler, während er sich in die Toilette drückte. „Isch weisch, wasch isch tue."

Drinnen lehnte er sich an das Waschbecken. An der nächsten Station musste er aussteigen, und so lange würde er hier verharren. Der Heimweg war dann nur ein Klacks. Dort würde er seine Ersatzbrille aufsetzen, eine Jacke anziehen und wieder los müssen, geradewegs in die Höhle des Löwen.

42

„Sie wollen *was* von mir?"

Semmler starrte in das behaarte Gesicht Grahlkes. Unweit der Stelle, da er ihn schon einmal in der Fußgängerzone angetroffen hatte, war er Semmler zwischen zwei leeren Flaschen Rotwein in einem Hauseingang vor einem herabgelassenen Rollgitter aufgefallen, als er offenbar sein Zeug zusammenräumte.

„Sie müssen mir helfen, Herr Grahlke."

Irgendwo hinter den zotteligen Barthaaren Grahlkes musste sich etwas zu einem Grinsen verbreitet haben. Dann lachte Grahlke schallend.

„Semmler, Sie sind ja wohl nicht ganz bei Trost, was? Nichts gibt Ihnen das Recht, auf mich zurückzugreifen. Schließlich bin ich nur durch Sie zu dieser schmucken Behausung in dieser exquisiten Lage gekommen."

„Das hatten wir doch schon. Nicht ich habe Sie gefeuert, sondern das Gremium. Und schließlich haben *Sie* den Test nicht bestanden."

„Na, Sie haben Nerven, das auch noch so zu sagen!"

Grahlke legte seinen Schlafsack zusammen.

„Also, helfen Sie mir jetzt, oder nicht?", fragte Semmler und trat vorsichtshalber einen Schritt zurück.

„Warum fragen Sie denn nicht den Reuter. Der scheint ja ohnehin noch eine Menge mit Ihnen vorzuhaben."

„Warum reiten Sie da eigentlich immer darauf herum? Filialleiter Reuter hat mich nicht anders behandelt als Sie, Herr Grahlke."

„Dass ich nicht lache! Wen hat er denn immer zuerst gegrüßt? Sie oder mich? Selbst wenn ich früher da gewesen bin, hat er immer so lange gewartet, bis Sie da waren. Danach hat auch der Grahlke gnädig die Hand bekommen. Und wo wir schon dabei sind: Welcher Chef bringt einem seiner Angestellten, und zwar nur einem einzigen, den Kaffee persönlich jeden Morgen an den Arbeitsplatz? Jawohl, direkt an den Arbeitsplatz. Höchstpersönlich!"

„Ach, das hat er nicht bei allen getan?", fragte Semmler verblüfft.

„Mensch, Semmler. Sie sind ja blinder als ich dachte. Natürlich nur bei Ihnen. *Ist es Ihnen recht so, Herr Semmler? Kann ich sonst noch etwas für Sie tun, Herr Semmler?* Dass er Ihnen nicht auch noch das Sitzkissen ausgeschüttelt hat …"

„… oh, das hat er manchmal getan. Ich hatte mich schon gewundert."

„Gewundert hat er sich. Alle mal herhören! Der Herr hat sich gewundert, dass ihm sein Chef das Sitzkissen ausschüttelt!"

Einige Passanten blieben stehen, schienen verstanden zu haben, was Grahlke da in die Welt hinaus posaunte, schüttelten grinsend den Kopf und gingen dann ihrer Wege.

„Das ist mir jetzt aber ausgesprochen unangenehm", stieß Semmler hervor.

„Das ist aber auch das Mindeste", entgegnete Grahlke. „Möchte nur wissen, was der Chef an Ihnen gefressen hat?"

„Da bin ich überfragt", sagte Semmler nachdenklich. Jetzt, da Grahlke ihn darauf aufmerksam gemacht hatte, fielen ihm eine ganze Reihe seltsamer Begebenheiten ein, die er bisher als höfliche Gesten eingeordnet hatte, und von denen er geglaubt hatte, dass sie allen Mitarbeitern zuteil geworden waren. Hatte denn wirklich niemand der anderen ein Stück Weihnachtsstollen erhalten? Stand wirklich auf keinem anderen Schreibtisch ein kleines Blümchengebinde?

„Dann haben Sie mir den Zucker nur deshalb in den Kaffee gestreut, weil ..."

„... weil ich es nicht ertragen konnte, dass so eine Pfeife wie Sie derartige Vorzüge genießt."

Semmler starrte ins Leere.

„Wozu hat Filialleiter Reuter das alles getan?", fragte er.

„Das wüsste ich nur zu gerne", knurrte Grahlke.

„Können Sie mir denn nun bei etwas behilflich sein?"

„Und wobei, wenn ich fragen darf?"

„Das ist nicht ganz so einfach zu erklären. Es hat aber mit Einzahlungen zu tun. Ich muss wissen, wer diese Einzahlungen getätigt hat."

„Dann schauen Sie doch einfach im Computer nach", nuschelte Grahlke. „Haben Sie vielleicht ein bisschen Kleingeld für den Bus?"

„Wenn Sie mir helfen, kriegen Sie einen ganzen Batzen davon."

„Einen ganzen Batzen?", staunte Grahlke.

„Genau."

„Wenn ich was tue?"

„Ich sagte doch schon: Ich muss etwas über gewisse Einzahlungen erfahren."

„Moment!"

Grahlke zog die Augen zu Schlitzen zusammen und hob langsam seinen Zeigefinger.

„Sie wollen behaupten, ich soll Ihnen bei einer Sache helfen, die für gewöhnlich ein Bankangestellter erledigen kann. Und zwar kann er sie nicht nur erledigen, er kann sie mit links erledigen. Im Vorübergehen sozusagen. Und dabei soll ich Ihnen, Semmler, helfen? Ist es das, was Sie von mir wollen? Ist es das, was sie selbst nicht hinkriegen?"

Semmler nickte verschämt.

„Sie haben also tatsächlich nicht den blassesten Schimmer von den Tätigkeiten, die ein Bankangestellter können muss?"

Semmler verzichtete auf eine Bestätigung.

„Mensch, Semmler! Ich hatte ja keine Ahnung! Sie haben mir nicht nur den Job weggeschnappt, nein, viel schlimmer! Sie haben ihn überhaupt nicht verdient! Wenn ich das jemandem erzähle, dann ..."

Semmler packte ihn am Kragen.

„Sie können tun, was Sie wollen, Herr Grahlke. Aber zuvor werden Sie mir helfen, diese Sache zu klären."

Grahlke fixierte Semmler und war sich schließlich sicher, dass Semmler es ernst meinte.

„In Ordnung", sagte er dann langsam. „Wir brauchen noch nicht einmal zur Bank zu gehen."

Er zog einen Laptop unter einem Teller kalter Nudeln hervor. Semmler war irritiert.

„Was ist?", fragte Grahlke. „Hatten Sie gedacht, ich gehe hier vor die Hunde? Wir Banker kommen doch immer wieder hoch. Geld kann jeder gebrauchen. Im

Grunde muss ich Ihnen sogar dankbar sein, denn aus dem Loch wollte ich schon länger heraus. War aber zu bequem, um was zu unternehmen. So, jetzt kann es losgehen."

Er schaltete den Computer ein und tippte etwas in die Tastatur.

„Aha. Da sind wir auch schon."

Er starrte auf den Monitor.

„Dann sagen Sie mir doch einmal Ihre Kontonummer."

„Oh, da gibt es ein kleines Problem."

„Ein Problem?"

Grahlke glotzte ihn an.

„Es ist das Konto meiner Mutter."

„Mensch Semmler", sagte Grahlke, fuhr dann aber leiser fort: „Na wenn schon."

Semmler nannte ihm die Daten, und Grahlke tippte wild auf die Tastatur ein.

„So, hier haben wir ..."

„... ja, was haben wir da?"

„Mensch Semmler! Wo kommt die ganze Kohle her?"

„Nun ja. Ich hatte mich auch sehr darüber gewundert. Aber schließlich hat sie doch fast nichts ausgegeben, und außerdem ist ja auch mein Gehalt auf das Konto ..."

„... über 100.000 Euro. Da wird ja der Hund in der Pfanne verrückt."

Grahlke zückte eine der kleinen, braunen Flaschen und kippte ihren Inhalt in einem Zug hinunter. Semmler war sich in genau diesem Moment nicht mehr so sicher, ob es eine gute Idee gewesen war, den Feind von gestern mit den Informationen von heute zu beliefern. Aber was konnte er anderes tun?

„Aha. Ich sehe schon. Dann wollen wir einmal schauen, wer das da eingezahlt hat."

Grahlkes Finger flogen über die Tastatur. Sein verkniffenes Gesicht entspannte sich, seine Augen weiteten sich und er ließ sich in die Lumpen zurücksinken.

„Sehen Sie selbst", forderte er Semmler auf und wies auf den Monitor.

Semmler beugte sich vor. Mehrere Zeilen grünlich schimmernder Zeichen verrieten eingegangene Zahlungen. Das sah beinahe so aus wie der Kontoauszug. Aber diese Einzahlungen waren Jahre her. Hier stand auch, wer für diese Transaktionen verantwortlich gewesen war. Semmlers Blick begann zu verschwimmen.

„Reuter?"

Semmlers Hals wurde trocken. Was hatte der mit dem Konto seiner Mutter zu schaffen? Warum hatte er jeden Monat Geld überwiesen?

„Können Sie herausbekommen, wie lange das ging?", fragte Semmler.

Grahlke fand es heraus.

„Über fünfundzwanzig Jahre."

Semmler setzte sich auf einen zusammengeknüllten Schlafsack. Fünfundzwanzig Jahre. So alt war er gewesen, als er beim Institut angefangen hatte.

„Da ist etwas faul, das sage ich Ihnen."

Semmler starrte Grahlke an. Der grinste.

„Ich glaube, da hat sich jemand verflucht verpflichtet gefühlt."

„Was soll das heißen", stöhnte Semmler.

„Sie wissen schon, was ich meine. Wer sonst, als jemand, dem die Knarre an den Hals gesetzt wurde, überweist Geld über diesen Zeitraum. Jetzt wird mir so manches klar. Ganz schön geschickt eingefädelt das Ganze."

„Was ist geschickt eingefädelt?"

„Semmler. Nun überlegen Sie mal. Wer ist ihr Vater?"

„Mein Vater? Der ist schon lange tot."

„Das hat wohl jemand nicht ganz hinnehmen können, wie es scheint."

„Was meinen Sie damit, Grahlke. Nun sagen Sie es schon."

„Das hier sieht aus, als hätte jemand Reuter erpresst. Und zwar mit Ihnen, Semmler!"

Aus dem Rechner erklang eine kurze Melodie. Grahlke zeigte auf das Display.

„Sehen Sie, gerade habe ich 3.500 Euro verdient. Sie haben nicht zufällig einen Rasierapparat dabei?"

43.

Zuhause entledigte sich Semmler seiner Kleidung, stellte sich in die Duschkabine und drehte das Wasser auf. Heiß rann es ihm den Körper hinunter. Er atmete tief durch, drehte den Wasserhahn weiter auf und spülte die Demütigung und Scham und Angst mit dem Schaum in den Abfluss. Warmer Dunst füllte den gekachelten Raum.

Semmler tastete nach dem Wasserhahn. Mit einer Hand angelte er nach einem Handtuch. Dann erst machte er einen Schritt nach draußen auf den flauschigen Duschvorleger. Mit einem raschen Griff setzte er sich seine Brille auf die Nase. Sie beschlug sofort. Er schlang sich das Handtuch um den Bauch und begab sich ins Schlafzimmer. Nachdem er sich angekleidet hatte, stellte er einen Becher Milch in die Mikrowelle, löste nach dem *Ping* zwei Löffel Kakaopulver darin auf und ließ das heiße, süße Getränk in seinem Körper Gutes tun.

Es war ungewöhnlich ruhig in der Wohnung. Ob die Tante noch in der Großstadt war? Hatte er sie am Ende sogar abgeschüttelt? Das Telefon klingelte. Semmler hob ab.

„Hallo?"

„Hier ist das städtische Krankenhaus. Herr Semmler?"

„Am Apparat."

„Gott sei Dank! Wir haben schon einmal versucht, Sie zu erreichen, aber Sie waren wohl nicht da. Wir hätten auch auf Ihren Anrufbeantworter gesprochen, aber Sie haben wohl keinen. Da dachten wir, dass Sie vielleicht jetzt ...“

„Was wollen Sie?“, unterbrach Semmler unwirsch.

„Ihre Mutter hatte einen Unfall.“

Das Krankenhaus der kleinen Stadt war einst mitten auf der grünen Wiese errichtet worden, nachdem dem Bau eine Protestwelle vorausgegangen war. Der Protest richtete sich weniger gegen die ungeheuren Summen, die das Projekt verschlingen würde, denn ein privater Investor sollte es größtenteils finanzieren. Auch die Befürchtung, seltenen Tieren und Pflanzen werde eine Rückzugsmöglichkeit genommen erwies sich als unbegründet, denn auf der besagten grünen Wiese wuchs und lebte nur Unspektakuläres. Aber mit einem Krankenhauskomplex in dieser Form würde der Verkehr in der Region stark ansteigen. Straßen müssten ausgebaut und Parkplätze angelegt werden, was der Steuerzahler zu tragen habe. Der Charakter der Gegend werde darunter leiden. Aber am Ende wurde das Vorhaben von den Mächtigen der Gegend durchgeboxt. Mit Arbeitsplätzen und Konjunkturaufschwung wurde gelockt, und heute waren die Bewohner der kleinen Stadt froh, dass sich in dem Neubau sogar Koryphäen niedergelassen hatten.

Als Walter Semmler das Krankenhaus betrat, fühlte er sich sogleich unwohl. Dies war ein Ort, an dem seine häuslichen Schutzmaßnahmen nichts taugten. Die

Eindringlinge hier waren nicht mit Fliegennetzen oder Schneckenbändern fernzuhalten. Wenn er den Berichten glauben schenkte, dann waren die Keime, die hier lauerten, weit gefährlicher als all diejenigen, denen er in seiner Welt ausgesetzt war. Ein wenig schämte er sich auch für seine Gleichgültigkeit. Hätte er sich mehr um seine Mutter gekümmert, die schließlich auch nicht mehr die Jüngste war, dann wäre das Unglück, was immer es auch war, bestimmt nicht passiert.

Es war ihm etwas mulmig, als er auf die Dame an der Information zuging. Semmler wartete eine Weile, bis er selbst es als unhöflich empfunden hätte, jemanden vor diesem Pult länger stehen zu lassen. Er räusperte sich. Die Frau blickte ihn scharf über den Rand ihrer Brille an. Die goldene Kette, die an den Bügeln befestigt war und um den Nacken der Frau herumlief, klingelte leise.

„Ja, Sie wünschen?"

„Ich erhielt gerade die Nachricht, dass meine Mutter hier eingeliefert wurde."

„Wie heißt ihre Mutter denn?", fragte die Frau und wendete sich einem Computerbildschirm zu.

„Semmler, Agnes. Agnes Semmler. Wie ich. Ich heiße auch Semmler", antwortete Walter Semmler.

Je länger die Frau in irgendwelchen digitalen Archiven herumstöberte und dabei leicht den Kopf hin und her schüttelte, um so mehr begann Semmler zu hoffen, dass sich das Ganze als Irrtum herausstellen möge.

„Warum kommen sie denn erst jetzt?"

„Nun ja. Ich wurde gerade eben erst ..."

„Sie liegt im Zimmer 244. In der zweiten Etage. Sie können auch den Fahrstuhl nehmen."

Semmler folgte ihrem ausgestreckten Arm.

Die Fahrstuhltür schloss sich sanft, und ebenso sanft war die Musik, die Semmler ins Ohr drang. Beinahe unmerklich hob sich der Fahrstuhl und hielt in der zweiten Etage.

Die weißen Wände waren mit naiven Bildern behängt, hellblau gekleidete Schwestern liefen emsig bald hierhin, bald dorthin, immer mit Tabletts voller Pillen oder gar mit einem Wägelchen voll Essen. Einige Krankenhausinsassen schlurften in Bademänteln den Gang entlang.

„Wissen Sie, was man hier mit mir gemacht hat?"

Ein alter Mann in Bademantel und Badelatschen hatte Semmler angesprochen.

„Nun …"

„Gruttmann. Ich bin *der* Leistenbruch", sagte der Alte und reichte Semmler die knöcherne Hand. „Wollen Sie mal sehen?"

Noch bevor Semmler etwas sagen konnte, hatte der Alte schon seinen Bademantel geöffnet und gewährte Semmler einen Blick auf seinen ausgemergelten Körper.

„Fast der ganze Darm ist in meinen Sack gewandert. Fast der ganze Darm … in den Sack. So etwas haben die hier noch nie gesehen, das sage ich Ihnen. Und ich hatte das gar nicht gemerkt. Wenn ich nicht gefallen wäre, dann weiß ich nicht, was sonst noch alles passiert wäre."

Semmler entfernte sich mit raschen Schritten von Herrn Gruttmann, der noch mehr von sich entblößen wollte, von einer Schwester jetzt aber daran gehindert wurde und daraufhin in hysterisches Geheul ausbrach.

„In den Sack! Alles in den Sack!"

Semmler näherte sich einem Glashäuschen. Drinnen saß eine Schwester und verteilte Pillen in kleine Becher.

„Entschuldigen Sie bitte. Ich wollte zu Frau Agnes Semmler."

„Sind Sie ein Angehöriger?"

„Ich bin ihr Sohn Walter."

„Da kommen Sie aber spät."

„Nun ja. Ich wurde gerade eben erst ..."

„Sie liegt in Zimmer 244. Den Gang runter ... ach was. Ich komme mit. Ihre Mutter muss sowieso ihre Medizin bekommen."

Die Schwester erhob sich, ergriff das Tablett mit Pillenbecherchen und ging Semmler voraus den Gang entlang. Von Zeit zu Zeit ertönte ein gedämpfter Schrei. Der Schrei wurde lauter, und als sie Zimmer 244 erreichten, wusste Semmler, dass er aus diesem Zimmer kam.

Die Schwester öffnete die Tür. Semmler drückte sich hinter der Schwester in das Krankenzimmer. Es roch nach Toilette, einem Desinfektionsmittel und alten Menschen. Die Mitglieder des Jungmütter-Vereins waren vollzählig um das Bett versammelt und verdeckten Semmler daher die Sicht. Jetzt drehten sich alle zu ihm um und blickten ihn halb vorwurfsvoll halb mitleidig an. Verlegen wollte er seine Hände falten, aber der nächste Schrei veranlasste ihn, sie an seine Ohren zu pressen. Dann wichen die Jungmütter beiseite und gaben den Blick auf seine Mutter im Bett frei.

Sie war kaum wiederzuerkennen. Das lag zum einen daran, dass sich Semmler nicht daran erinnern konnte, seine Mutter jemals in einem Bett liegend gesehen zu haben, aber vor allem daran, dass die obere Hälfte ihres Kopfes bis über die Augen vollständig mit einer Mullbinde umwickelt war.

„Was ist passiert?", fragte Semmler erschüttert, bevor der nächste Schrei durch das Zimmer hallte. Er kam nicht von seiner Mutter, die ruhig da lag, sondern von ihrer Zimmergenossin im Bett daneben.

„Sie hatte einen Autounfall ..."

„Aber muss sie denn hier in diesem Zimmer liegen?"

Die andere Frau schrie erneut, und die Schwester drückte ihr eine Pille in den Mund.

„Das beruhigt sie. Sie werden sehen."

Semmler sah und fragte sich dennoch, wie ein Mensch das aushalten konnte.

„Um Ihre Mutter brauchen Sie sich keine Sorgen zu machen. Jedenfalls nicht darüber, was die Schreie anbelangt. Sie hört das nicht. Und sehen kann sie auch nichts mehr. Der Unfall ..."

„Sie wollen sagen, meine Mutter ist taub und blind?", fragte Semmler verstört. Die Schwester nickte langsam.

„Sie ist die Einzige, die wir hier unterbringen können. Sie verstehen? Aber der Doktor sagt, dass zumindest ihre Augen wieder in Ordnung kommen können. Es wird eine Weile dauern, aber dann ..."

„Ist Walter schon da?", meldete sich eine dünne Stimme aus den Verbänden. „Ich muss mit Walter sprechen."

Semmler trat ans Bett und wollte die Hand seiner Mutter zum Zeichen seiner Anwesenheit lediglich leicht berühren, aber seine Mutter ergriff die Seine mit ungeahnter Energie.

„Da bist du ja, mein Sohn", flüsterte sie. „Ich muss schrecklich aussehen."

Sie leckte ihre Lippen.

„Sollte noch jemand hier sein, dann lasse er mich bitte mit meinem Sohn allein."

Walter nickte den Jungmüttern zu, die auch sofort den Raum verließen.

„Walter, ich habe alles falsch gemacht", begann Agnes Semmler schwerfällig. „Und der Grund dafür, dass ich jetzt hier liege, ist nicht nur der Höhepunkt meiner Fehler, er ist auch die gerechte Strafe dafür, was ich dir angetan habe. Aber ich will von vorne beginnen."

Und dann entfaltete Agnes Semmler in der Abgeschiedenheit des Krankenzimmers ihr Leben vor Walter Semmler. Sie berichtete von ihrer harten Kindheit als jüngstes von fünf Kindern, vom Tod der vier Brüder, von den knappen Mitteln und ihrem Schwur, nie wieder so viel Hunger erleiden zu müssen. Sie berichtete, wie sie sich Männern an den Hals geworfen hatte, wie sie schließlich schwanger von dem Mann geworden war, den sie wirklich geliebt hatte. Sie berichtete, wie dieser Mann einen Unfalltod gestorben war, und wie sie aus Angst vor drohendem Elend zu ungewöhnlichen Mitteln gegriffen habe. Damals war ihr das angemessen erschienen. Bald sei mehr Geld da gewesen, als sie beide brauchten, aber Semmler in der Bank von Reuter zu platzieren sei bereits ein Schritt zu weit gewesen. Sie habe sich nicht um Semmlers Bedürfnisse geschert, sondern nur dafür gesorgt, dass Semmler eine Laufbahn vor sich hatte.

„Und darum muss ich mich bei dir entschuldigen, Walter."

Sie drückte erschöpft seine Hand.

„Kannst du mir verzeihen?", fragte Agnes Semmler. „Brauchst nur zweimal meine Hand zu drücken ..."

Semmler zögerte.

„Lass dir Zeit. Es war vielleicht etwas zu viel auf einmal. Und schon wieder habe ich einen Fehler gemacht."

Sie drückte seine Hand.

„Aber du kommst doch noch einmal wieder, oder?"

Er drückte ihre Hand zweimal.

„Das ist schön. Gib gut auf dich acht. Es wird für uns beide jetzt etwas schwerer werden. Aber vielleicht wirst du das eine oder andere irgendwann verstehen. Ich werde noch eine Weile hier sein."

Die Tür wurde leise geöffnet, und ein Kopf erschien.

„Nein, Herr Gruttmann, das ist nicht ihr Zimmer", hörte Semmler eine Schwester aus dem Hintergrund rufen, und Gruttmanns Kopf verschwand. Dann betrat die Schwester das Zimmer.

„Entschuldigen Sie Herr Semmler, aber ich habe hier noch etwas zu tun", erklärte sie. Semmler nickte und ließ die Hand seiner Mutter los.

„Ist die Schwester da?", rief Agnes Semmler, und Semmler drückte ihre Hand schnell noch zweimal, bevor er hinausging.

44.

Frau Leibisch lief mit einem Glas Sherry in der Hand unruhig vor dem großen Fenster zur Straße auf und ab. Irgendwie waren ihr die sorgsam gestrickten Fäden aus den Händen gerutscht. Sie hatte doch lediglich versucht, Walter Semmler in den Augen jener anderen herabzuwürdigen, um ihre eigenen Chancen bei ihm zu vergrößern. Die Idee mit dem Päckchen hatte so vielversprechend gewirkt, dass sie sich nicht hatte vorstellen können, dass daraus eine ausgewachsene Katastrophe werden könnte.

Natürlich hatte sie sehr schnell von Agnes Semmlers Unfall und den verheerenden Folgen gehört. Sie hatte es sogar lange vor Semmler selbst erfahren, denn die Verbindung zu allem, was Semmler betraf, war inzwischen dick wie ein Tiefseekabel. Ein bisschen hielt sie sich für ursächlich an Agnes Semmlers Unfall beteiligt, jedoch wirklich schuldig fühlte sie sich nicht. Warum musste diese Frau sie auch an einem unpassenden Ort zur Rede stellen? Bei den Mülltonnen, also auf öffentlichem Terrain! Da brauchte Frau Semmler sich nicht zu wundern, dass sie sich zur Wehr setzte. Schließlich hatte sie einen Ruf zu verlieren. Nein, sie traf keine Schuld. Frau Semmler war einfach zu schnell gefahren. Diese alte Frau!

Sie nippte an ihrem Sherry, stellte fest, dass es bereits der letzte Schluck war, und goss sich großzügig nach.

Viel wichtiger als ihre Schuldfrage erschien Frau Leibisch indessen ihr weiteres Vorgehen in der Sache Walter Semmler. Inzwischen musste Walter bestimmt im Krankenhaus gewesen sein. Was dort passieren würde, darüber konnte sie allenfalls mutmaßen. Über eines war sich Frau Leibisch jedoch ganz sicher: Er würde zerrüttet und niedergeschlagen heimkehren! Dann schlug die Stunde der mitfühlenden Nachbarin.

Sie warf einen Blick aus dem Fenster. Walter Semmler war noch nicht heimgekehrt. Er würde doch wohl nicht am Bett der verletzten Mutter ausharren? Am Ende sogar die ganze Nacht? Das durchkreuzte ihre Pläne, denn dann wäre mehr Zeit als nötig, jene andere, geheimnisvolle Frau an die Stätte Semmlers tiefster Trauer zu rufen. Andererseits zeugte sein aufopferndes Verhalten von menschlicher Wärme, der sie im Falle einer zukünftigen Verbindung auch für sich selbst teilhaftig werden würde. Oh, dieser Mann!

Sie lief mit dem schwappenden Glas in die Küche und spähte in den Backofen, wo ein Kuchen in der Röhre wartete.

Den würde sie hinübertragen, um Walter etwas zu trösten. Sie ergriff zwei Topflappen und bugsierte den Kuchen auf den Küchentisch, schob ihn vom Blech auf eine bereitstehende Glasplatte und war sehr zufrieden mit dem Ergebnis dieser Mühen.

45.

Filialleiter Reuter fühlte sich auch sehr gut. Er hatte sich eigentlich noch nie so gut gefühlt. Dabei störte es ihn nicht im mindesten, dass sein Blick von einigen überhängenden Ästen und Zweigen begrenzt war. Um ihn herum roch es nach aufgeplatzten Blüten, aus der Mulchschicht des Bodens dampfte die Feuchtigkeit und zog sich langsam in den dünnen Stoff seiner Hose. Kleine Insekten umschwirrten seine Nase. Durch das Blattwerk konnte er eine Ecke seines Hauses erkennen, und wenn der Wind die Zweige etwas auseinander-drückte, dann gab die Lücke das Wohnzimmerfenster mit dem besorgten Gesicht seines Weibes frei.

Er wollte gar nicht wissen, was sie da zu schaffen hatte und auch nicht, was das für eine andere Frau in Latz-hose war, die neben Iris stand und ihr die Schulter streichelte. Er blickte auf seine Knie, oder vielmehr steckte er seinen Kopf dazwischen, während seine Arme seine Beine umschlungen hielten.

So hatte er früher gesessen, wenn die anderen ihn nicht hatten mitspielen lassen. Und auch damals hatte es einen Busch, oder einen Strauch gegeben, unter dem er sich hatte verkriechen können. Er hatte sich geschworen, dass er es einmal der Welt zeigen würde. Und jetzt war es geschehen! Mochte seine Frau von ihm denken, was sie wollte, mochten die Leute in der

Stadt denken, was sie wollten. Er hatte seinen Triumph. Die Gemeinschaft würde nicht umhin kommen, ihm für solch einen herausragenden Einsatz eine Medaille zu verleihen. Ehrenhalber sozusagen. Für das Zur-Strecke-bringen eines gefährlichen Raubtieres in einer Wohngegend. Er brauchte sich nicht mehr zu verkriechen.

„Herr Reuter. Wollen Sie nicht herauskommen?"

Filialleiter Reuter schreckte auf und bemerkte eine weiß gekleidete Gestalt links von sich auf dem Rasen vor dem Busch kniend und eine weitere, die sich im Hintergrund hielt. Die beiden hatte er völlig vergessen, dabei trieben sie sich schon eine Weile dort herum und forderten ihn auf, seinen Platz zu verlassen. Im Grunde könnte er ihrer Bitte nachkommen.

Er wiegte sich sacht noch vorne und wieder zurück, und weil er diese Bewegung als sehr beruhigend empfand, wiederholte er sie mehrmals. Dabei stieß sein rechter Fuß, der unerklärlicherweise unbeschuht war, gegen etwas Weiches. Es war der Panther. Sein Kopf war eingeschlagen und Filialleiter Reuter bemerkte, wie sich ein Käfer und mehrere Fliegen daran zu schaffen machten. Das durfte nicht sein. Das war seine Trophäe und zugleich Beweis für seine Heldentat. Mit einer knappen Bewegung wirbelte er den Kadaver des Tieres durch die Luft, woraufhin der Käfer in das Blattwerk geschleudert wurde und die Fliegen aufflogen.

„Herr Reuter. Wir tun Ihnen nichts. Sie werden sehen."

„Wir wollen Ihnen nur helfen", rief die andere Gestalt im Hintergrund. Das Wohnzimmerfenster öffnete sich.

„Warum machen Sie denn nichts mehr?", rief Iris Reuter.

„Er hat mich schon einmal fast gebissen", rief der Mann in Reuters Nähe zurück. „Außerdem hat er noch das Beil!"

„Werden Sie es überhaupt schaffen?", rief sie. In den Ohren des Filialleiters klang sie ungemein schrill.

„Machen Sie sich keine Sorgen. Er wird schon vernünftig werden. Es dauert vielleicht nur noch etwas."

Dann schob die nähere der beiden Gestalten einen Zweig beiseite.

„Herr Reuter. Wie fühlen sie sich denn? Wollen sie mir nicht dieses Tier geben?"

„Ich gebe ihnen gar nichts. Machen sie, dass sie fortkommen. Das ist meine Trophäe ..."

„Ja natürlich. Es ist Ihre Trophäe. Ich will sie nur so lange halten, damit Sie besser aufstehen können."

„Ich kann auch mit ihr aufstehen."

„Na prima. Dann wollen wir es doch einmal versuchen."

„Ich muss unbedingt mit dem Bürgermeister reden. Er wird auch mit mir reden wollen."

„Wir werden uns bestimmt auch darum kümmern. Aber kommen Sie erst einmal unter diesem Busch hervor."

„Bleiben Sie, wo Sie sind!"

Der Mann im weißen Kittel hielt in seiner kriechenden Bewegung inne. Dann begann er zu lächeln, und Reuter konnte unmöglich sagen, ob er da nicht vielleicht etwas Unredliches in den Zügen des Mannes erblickt hatte.

Filialleiter Reuter zog sich etwas tiefer unter das Blätterdach zurück. Er presste den Kadaver an sich.

„Sehen Sie, Herr Reuter. Ihre Frau macht sich große Sorgen."

„Sie braucht sich keine Sorgen zu machen. Sie wird alles verstehen, wenn erst der Bürgermeister ..."

Aber da war der Mann schon bei Filialleiter Reuter angelangt und packte ihn an einem Bein.

„Ich habe ihn!"

Reuter wehrte sich nicht, als ihn die beiden Männer ergriffen und ans Tageslicht zogen, denn er war damit beschäftigt, die tote Katze, die er eigentlich erschlagen hatte, an sich gepresst zu halten.

Filialleiter Reuter wurde in einen vergitterten Wagen gesteckt. Die tote Katze verschwand in einem Plastiksack. Das Beil sowie ein kleines Glas Honig wurden von zwei Polizisten sichergestellt.

„Möchte bloß wissen, warum er dieses Glas dabei hatte", meinte der eine.

„Ach, das fragst du dich?", meinte der andere. „Da will einer den Bürgermeister sprechen und hockt mit einer toten Katze und einem Beil unter einem Busch, und du willst wissen, warum er dieses Glas dabei hat?"

„Ganz recht, und vor allem, was da wirklich drin ist", entgegnete der eine. „Diese Seidenhemdchenidioten waren schon oft für Überraschungen gut. Irgendwas mit Urkundenfälschung ist ja wohl auch noch mit im Spiel. Und schick endlich die Gaffer weg!"

46.

Zusammen mit den paar Schaulustigen hatte Semmler den Schlussakt des Dramas um Filialleiter Reuter mitbekommen, denn der Weg zurück vom Krankenhaus hatte ihn dort vorbeigeführt. Jetzt hier auf der Bank am kleinen Teich dachte er an die Polizisten mit Hand an der Waffe und die weiß gekleideter Männer, die Reuter unter dem Busch hervorgezogen hatten.

Sie hatten Reuter einkassiert. Seinen Chef, seinen Arbeitgeber, seinen Arbeitsplatz, sein Einkommen, das bisschen von seinem Leben, was ihm geblieben war. Aber was hatte der eine Polizist über den Honig gesagt? Er wolle wissen, was da wirklich drin sei? Das Glas sah genauso aus wie das, was Semmler von Reuter geschenkt bekommen hatte. Wie verwirrt Reuter gewirkt hatte, und in Sachen Verwirrung war Semmler inzwischen Experte. Er selbst kämpfte seit Tagen damit. Seit dem Tag, als die Tante eingetroffen war. Seit dem Tag, da er das erste Mal den Honig im Tee benutzt hatte. Und den Tee hatte er immer und immer wieder getrunken.

Dann war da noch die Sache mit seiner Mutter. Auf seinen Knien hielt er das Päckchen mit Unterhosen und den kurzen Brief. Die Tatsachen waren unverrückbar. Seine Mutter war unter einen Lkw gerast und hatte dabei Augenlicht und Gehör eingebüßt. Ein Zeuge des Unfalls hatte ausgesagt, es habe den Anschein gehabt, als sei Frau Semmler mit Absicht in den Lkw gerast. Sie habe so listig ausgesehen. Und eifrig! Das hatte der Zeuge mehrmals betont. So ein Blödsinn, dachte Semmler. Vorläufig würde seine Mutter jedenfalls in einer dunklen, stillen Welt leben. Sie würde nicht mehr bei ihm vorbeischauen, sie würde nicht mehr sauber machen und nicht mehr seine Fingernägel schneiden. Auch das Kaffeekränzchen bei ihr würde ausfallen. Es überraschte Semmler ein wenig, dass ihn das alles nicht mehr beunruhigte. Wie gerne würde er ihr jetzt sagen, wie er über ihre Enthüllungen dachte. Er hätte auch noch einige Fragen Aber sie konnte ihn nicht hören. Er konnte es auch nicht beispielsweise auf einen Zettel schreiben, damit sie es lesen konnte. Nein, er musste warten, bis sie wieder einen ihrer Sinne wiedergewonnen hatte. Das konnte dauern, hatte der Arzt gesagt, und vielleicht besserte sich ihr Zustand bis an ihr Lebensende nicht. Vielleicht mussten sie eine andere Form der Kommunikation entwickeln.

Doch bis dahin musste er, die Tante betreffend, endlich Klarheit gewinnen. Wenn er die losen Enden zusammenfügte, wenn er eins zum anderen legte, dann hatte er genügend Material, um einen Plan zu schmieden. Einen Plan, in dem eine Falle vorkommen würde.

Frau Leibisch hörte den schleppenden Gang, der sie jeden Morgen zu frohen Erwartungen verleitet hatte. Allerdings schien er jetzt etwas schleppender zu sein.

Kein Wunder, dachte Frau Leibisch und überspülte ihre eigennützigen Absichten mit einem Rest Sherry im Glas. Jetzt war der Augenblick gekommen.

Ein kurzer Blick durch den Kippspalt des Badezimmerfensters bestätigte ihr, dass Walter Semmler gerade die Haustür aufschloss. Damit blieb ihr nur noch wenig Zeit, ihre Haare zu ordnen, und außerdem etwas von dem Mundwasser zu gurgeln, das den feinen Alkoholgeruch überdecken würde. Anschließend lief Frau Leibisch in die Küche und griff mit der einen Hand die Glasplatte, mit der anderen versenkte sie die angetrunkene Sherryflasche in einer großen Tasche ihrer Schürze. Sie wollte besonders mütterlich wirken. Dann trat sie vor das Haus. Nachdem die Tür ins Schloss gefallen war, atmete sie noch einmal kräftig durch.

Sie klingelte bei Walter Semmler. Dann hörte sie Schritte näherkommen, dann wurde die Tür geöffnet.

„Guten Tag, Herr Semmler. Ich habe das von Ihrer Mutter gehört."

„Ah, Frau Leibisch. Ich habe hier etwas für Sie."

Er verschwand in die Wohnung und ließ Frau Leibisch vor der Tür zurück. Als er zurückkehrte, hielt er das Päckchen samt Briefchen in der Hand.

„Ich glaube, das sollten Sie wieder an sich nehmen."

„Ach so, die. Das war nur ..."

„Ist schon in Ordnung", warf Semmler müde ein.

„Kann ich Ihnen irgendwie helfen?", fragte Frau Leibisch.

„Ich denke, das wird nicht nötig sein."

Frau Leibisch spürte, wie in ihr eine große Idee langsam erwürgt wurde.

„Soll ich Ihnen diesen Kuchen, den ich für Sie gebacken habe, dalassen?"

„Ich werde ihn nicht herunter bekommen. Gegen Haselnüsse bin ich ohnehin allergisch."

Frau Leibisch senkte den Kopf.

„Das wusste ich nicht", flüsterte sie. Als sie wieder aufblickte, hatte Semmler die Tür vor ihrer Nase ganz leise geschlossen.

47.

Feine weiße Schlieren zogen sanft über die Oberfläche des goldgelben Tees. Marianne Finke saß mit zerwühlten Haaren davor und machte sich schwere Vorwürfe.

Bei Licht betrachtet war ihre Flucht aus der Bibliothek überstürzt, ja ihr gesamtes Verhalten erschien ihr inzwischen übertrieben gewesen zu sein. Walter hatte schließlich überhaupt nicht klar gesagt, was vorgefallen war. Rot werden und herumdrucksen erschienen ihr jetzt nicht mehr ausreichend für einen Beweis. Immerhin gab es Hinweise dafür, dass er tatsächlich beraubt worden war. Hatte er nicht auch etwas nach Alkohol gerochen? War er am Ende sogar missbraucht worden? Erneut ließ sie die Bilder an sich vorüberziehen, wie er da so hilflos vor ihr gehockt hatte. Mit blinzelnden Augen und brennender Wange. Und ein Bild kam ihr in den Sinn. Hatte Semmler nicht behauptet, die Tante in der Bibliothek zu sehen? Und hatte sie nicht genau dorthin geblickt, aber nur ein paar Kinder bemerkt? Sollte die Tante am Ende der Phantasie Semmlers entsprungen sein? Oder war ihr Ursprung weit teuflischer? Ganz kurz stieg noch einmal der Argwohn in ihr auf, aber weiß der Himmel weshalb, sie war bereit, ihm zu vergeben. Doch den Himmel brauchte sie im Grunde gar nicht zu bemühen. Walter war der erste

Mann, der ihr das Gefühl von Wichtigkeit gegeben hatte. Das war wie ein Schatz, und sie hatte ihn einfach weggeworfen.

Sie fuhr sich mit den Fingern durch die Haare und krallte sich an ein dickes Büschel.

Immerhin hatte er sich mit ihr, mit Marianne, auf die Suche gemacht, hatte sie bei sich übernachten lassen und ihr etwas von sich und seiner Familie erzählt. So etwas tat man nicht, wenn man es nicht ernst meinte.

Sie wollte nicht noch jemanden aus ihrer Seele brennen. Aber sie würde Semmler erst wieder hineinlassen, nachdem sie alles sorgfältig geprüft hatte. Was sollte sie auch sonst tun, wenn sie nicht wieder einem Mann, dem sie ihre ganze Energie opferte, und der vielleicht ihre letzte Chance war, auf den Leim gehen wollte? Sie musste vor allem wissen, ob Semmler ebenfalls nur an etwas dachte, das weit von ihrem Bedürfnis nach Geborgenheit, Wärme und Sicherheit entfernt lag.

Sie trank den Rest bereits erkalteten und darum bitteren Tee. Sie würde ihn das fragen. Sie würde ihn so vieles fragen, auf das er eine Antwort geben musste, die gut und beruhigend in ihren Ohren klang. Sie würde ihn aufsuchen. Aber bevor sie die Wohnung verließ, steckte sie noch einen sehr wichtigen Gegenstand in die Handtasche, denn sie ahnte, dass sie ihn brauchen konnte.

Semmler stand in der geöffneten Verandatür und blickte hinaus in die Nacht. Leichter Wind rauschte in den Blättern. Er sog die klare Luft tief in sich hinein.

Dann setzte er sich auf das Sofa. Vor ihm stand eine Tasse Tee, daneben das Glas Honig.

„Nur Mut", sagte er zu sich selbst und rührte einen Löffel Honig in das Getränk. Dann nahm er einen Schluck davon. Als er die Tasse gerade absetzen wollte, hörte er ein leises Rascheln hinter sich.

„Da bist du also", sagte er, den Blick fest auf einen am Boden liegenden Aufnehmer gerichtet. Das war seine Falle. Er hörte die Tante näher kommen, dann sah er, wie sie auf den Aufnehmer trat. Das Wasser quoll um ihren Schuh herum aus dem Stoff.

„Huch, was ist das?", fragte die Tante und machte einen weiteren Schritt. Semmler fixierte ihren Fuß, bis sie ihn wegsetzte. Darunter war alles nass!

Tante Goutiette nahm neben ihm sehr behutsam Platz und ruckelte verlegen hin und her.

„Das kann nicht sein", hauchte Semmler.

„Was kann nicht sein?", fragte die Tante.

„Es muss mit etwas anderem zusammen hängen", sagte Semmler.

„Was muss mit etwas anderem zusammenhängen, Walter. Rede mit mir!"

War seine Falle nicht geeignet? Aber die Tante war wie erwartet erst nach dem Schluck Tee erschienen. Die Verandatür war im Moment der einzig offene Zugang zur Wohnung, und die Wohnung war leer gewesen. Da brauchte man nur eins und eins zusammenzuziehen. Wenn sie nicht echt war, dann durfte es aber keine nassen Spuren auf dem Boden geben. Wenn es unter dem Schuh der Tante aber jetzt trotzdem nass war, dann vielleicht nur deswegen, weil er es für plausibel hielt, oder weil er selbst es so wollte. Doch warum sollte er das wollen? Wenn es nur um sein Wollen ginge, dann würde er die Tante einfach wegdenken oder den Honig beiseite lassen. Aber vielleicht steckte tief in ihm etwas, das mächtiger als sein Wollen war. Vielleicht war sie da, weil er tief in seinem Inneren eine solche Frau brauchte? Eine Manifestation seiner Wünsche? Die würde man nicht so einfach los. Das Gehirn lässt sich zwar täuschen, aber die Sehnsucht bleibt bestehen. Wenn er nämlich den Honig einfach wegließe, wer oder was käme dann? Denn wenn sich da etwas über die Tante nach außen zu bahnen suchte, dann würde es dieses Etwas immer wieder versuchen. Der Honig konnte nur ein Mittler sein. Die Ursache war so nicht zu bekämpfen. Vielleicht musste er es doch anders anfangen.

„Du bist nicht meine Tante", begann er. „Ich habe das heute herausgefunden, und darum möchte ich dich jetzt bitten, deine Sachen zu packen und meine Wohnung zu verlassen."

Tante Goutiette setzte sich kerzengerade auf.

„Aber Walter. Du hattest mir doch versprochen ..."

„Dieses Versprechen gab ich einer Verwandten, die in Not ist, dieses Versprechen brauche ich gegenüber einer Fremden auf der Flucht nicht einzuhalten", stieß Semmler hervor. Sein Herz schlug ihm dabei bis an die Ohren.

„Du kannst mich doch nicht einfach so auf die Straße werfen. Wo wir doch schon so viel zusammen durchgemacht haben."

„Ja, durchgemacht, das habe ich wohl. Aber nur durch dich. Du hast mein ganzes Leben zerstört."

„Nun beruhige dich doch."

„Ich bin ganz ruhig. Verschwinde!"

Tante Goutiette traten Tränen in die Augen, und Semmler fühlte ein Tier, das bis jetzt gewachsen war, wieder in sich zusammenschrumpfen.

„Hör bitte auf mit dem da", stöhnte er.

„Du verstehst das alles nicht. Du verstehst mich nicht. Ich kann nicht so einfach verschwinden", hauchte Tante Goutiette und tupfte sich die Augen.

„Durch dich weiß ich nicht mehr, was wahr ist. Durch dich habe ich wahrscheinlich die einzige Frau verloren, die mir etwas bedeutet ..."

„Deine Mutter?"

„Ich hatte eigentlich an Marianne gedacht."

„Ach so. Da mach dir mal keine Gedanken. Sie wird bestimmt zurückkehren, oder du gehst einfach zu ihr hin."

„Sie wird einen Teufel tun, mit mir zu sprechen."

„Vielleicht will sie sich entschuldigen."

„Entschuldigen? Ich müsste mich bei *ihr* entschuldigen!"

„Aber sie hat dich immerhin geschlagen."

„Ach, das war doch nichts ..."

„Deine Brille ist zerbrochen."

„Das schon, aber ich habe ja noch diese hier."

„Sie hat dich alleine nach Hause irren lassen."

„Ich hätte das auch getan, wenn ich so wütend wie sie gewesen wäre."

„...durch den Regen!"

Semmler schwieg.

„Ich habe es immerhin geschafft", murmelte er schließlich. „Außerdem hätte das alles nicht passieren müssen, wenn du nicht gewesen wärst."

„Nun sei aber mal ehrlich: Dann hättest du sie doch gar nicht kennen gelernt."

„Und jetzt hätte ich sie auch sehr gerne behalten. Sie ist die Einzige, der ich mich anvertrauen möchte, und sie ist wahrscheinlich auch die Einzige, die mir wirklich helfen kann."

„Walter, mit wem redest du da?"

Semmler stutzte. Diese letzte Frage war nicht von Tante Goutiette gekommen. Die hatte dafür ihre Augen weit aufgerissen.

Semmler fuhr herum, und da stand Marianne Finke in der nach wie vor geöffneten Verandatür.

„Marianne!", rief Semmler.

„Ja, ich bin das. Ich wollte zuerst klingeln, dann habe ich aber durchs Fenster geschaut und diese Tür offen gesehen."

„Wie lange stehst du denn schon da?", fragte Semmler verlegen.

„Lange genug, würde ich meinen", lächelte Marianne. „Aber mit wem hast du denn da geredet?"

Sie blickte ihn sehr seltsam an und setzte sich auf das Sofa. Direkt neben Semmler.

„Aber ... ich habe ... mit Tante Goutiette natürlich", stammelte er und wies mit dem Daumen neben sich.

„Tante Goutiette?"

Ein Lächeln flog aus irgendeinem Winkel herab, streifte Marianne Finkes Gesicht, drehte noch eine lustige Runde und landete unterhalb ihrer Nase.

„Walter, ich bin enttäuscht", hörte Semmler Tante Goutiette neben sich rufen. „Du hattest mir doch versprochen, niemandem von mir zu erzählen."

Semmler drehte sich zu ihr um.

„Was tut denn das jetzt noch zur Sache?"

„Was das zur Sache tut? Du willst wissen, was das zur Sache tut?", quiekte Tante Goutiette.

„Das würde ich wohl gerne", meinte Semmler irritiert. Er begann zu schwitzen.

„Sie wird alles kaputt machen!", rief Tante Goutiette. „Wir hatten uns doch schon so schön aneinander gewöhnt."

Ein Schluchzer drang aus ihrer Brust.

„Ach tatsächlich? Ich würde mich eher an einen Furunkel gewöhnen als an dich."

„Walter?"

Semmler drehte sich wieder Marianne Finke zu.

„Möchtest du mich nicht Tante Goutiette vorstellen?", fragte sie.

„Du glaubst doch wohl nicht, dass ich dieser Person die Hand reiche", blökte Tante Goutiette.

„Doch, genau das wirst du jetzt tun. Wenn ich also vorstellen darf ... Tante Goutiette, Marianne Finke."

Wie ein Pokerspieler sein entscheidendes Ass präsentiert, streckte Marianne Finke ihre Hand aus.

„Was ist nun?", fragte Semmler ungeduldig, als er bemerkte, dass Tante Goutiette keine Anstalten machte, in die Hand einzuschlagen.

„Ist sie vielleicht etwas schüchtern?", spottete Marianne Finke.

„Ach was."

Semmler nahm Tante Goutiettes Hand, dann ergriff er Mariannes und führte beide zum Händeschütteln zusammen.

„Na gut ... schön, Sie einmal persönlich kennen zu lernen", knirschte Tante Goutiette.

In dem Moment flammte grelles Licht auf. Semmler sah bunte Punkte durch sein Gesichtsfeld huschen aber auch, wie Marianne Finke ihre Kamera, die sie mit lang gestrecktem Arm in die Höhe gehalten hatte, in ihren Schoß legte. Sirrend fuhr das Bild aus dem Schlitz des Gerätes.

„So, wir müssen nur noch etwas warten", sagte sie und schwenkte das Bild in der Luft. „Gleich wird sich alles klären."

„Was gibt es denn da jetzt noch zu klären?", fragte Tante Goutiette. „Sie ist hier, ich bin hier. Was mich betrifft, habe ich mich schon damit abgefunden."

„Das war ja noch besser, als was ich mir ausgedacht hatte", stieß Semmler hervor. „Ich habe deine Hand genommen, dann habe ich ihre Hand genommen, dann habe ich beide ..."

„... lass es gut sein", sagte Tante Goutiette. „Sie will mich nicht sehen."

„Sie will dich nicht ...?", bellte Semmler.

Tante Goutiette schüttelte den Kopf.

„Ich kann das sogar ein bisschen verstehen."

„Redet sie jetzt gerade wieder zu dir?", fragte Marianne Finke neugierig.

Semmler nickte.

„Glaub ihr kein Wort", sagte Tante Goutiette.

„Walter, schau hier", unterbrach Marianne Finke. Sie hielt Semmler das entwickelte Bild hin. Darauf gab er Marianne Finke die Hand. Von Tante Goutiette war darauf nichts zu sehen.

„Es ist bewiesen", murmelte Semmler. „Und ich bin müde."

„Ja, du solltest schlafen gehen", riet Tante Goutiette. „Morgen sieht alles wieder ganz anders aus."

Semmler erhob sich schwerfällig. Morgen würde die Wirkung des Honigs, oder was da sonst drin wirkte, zumindest nachgelassen haben. Und irgendwann würde diese Wirkung vollständig verschwunden sein wie auch Tante Goutiette. Über den Rest würde er sich dann Gedanken machen müssen.

„Wann sehen wir uns wieder?", fragte Marianne Finke.

„So bald wie möglich", antwortete Semmler.

„Morgen?"

„Morgen", antwortete Semmler und strich ihr sanft über die Wange. Dann verließ er das Zimmer. Marianne Finke blieb lächelnd zurück, warf noch einen Blick auf das Foto und legte es auf den Couchtisch.

Kurz darauf sauste ein Käfer zur offenen Verandatür herein und brummte irre vor Glück durch das Zimmer.